フィルノーツ士官学校にて
ヴァルトルーネ＝フォン＝フェルシュドルフ
ラクエル＝ノヴァ

「戦いの前なのにふざけるのはやめなさい！」
リッィアレイテ
ペトラ＝ファーバン

「おい！　騎竜に手首ガッツリ噛まれたぞ!?」
ステイアーノ＝レッグ
「行けポチ。噛み付け噛み付け〜♪」
ミア

「あちらは随分と余裕があるみたいね」
「必ず魔術障壁を剥がしてきます！」

「作戦会議はもう終わり？
なら命懸けで抗ってみなさいな」
レシア

「……遠いわ」

教会の高い天井には、神を献身的に支える聖女の姿もあった。
私がどれだけ手を伸ばしたところであの聖女の絵に触れることはできない。
まるでお前は聖女ではないと言われているような――。

CONTENTS

プロローグ　004
第一章　開戦の狼煙　025
幕間一　聖女の宿命　049
第二章　聖女レシアと神獣との闘い　054
幕間二　第三陣営としての選択　151
第三章　反対勢力殲滅作戦　159
第四章　大軍勢を退ける若き精鋭たち　177
第五章　砕けたプライドと心なき少女の苦悩　262
第六章　協定の締結に向けて　275
エピローグ　299

イラスト：GreeN

反逆者として王国で処刑された隠れ最強騎士 3

蘇った真の実力者は帝国ルートで英雄となる

相模優斗

OVERLAP

イラスト／GreeN

world map
レシュフェルト王国
王都
KINGDOM OF RESHFELD
ディルスト地方
VALUGAN EMPIRE
ヴァルカン帝国
帝都
フィルノーツ
PHILNOTES
ROCHER REPUBLIC
ロシェルド共和国
首都

プロローグ

「おい聞いたか？」

「ああ、王国軍が攻めてくるって噂《うわさ》だろ」

「そうそう。あの噂は本当なのか？」

「さあな。けどもし本当だったら、本格的な戦争になるだろうけどな」

「物騒な話だよね……」

不穏な噂が帝都全体に広まっていた。

王国軍の帝国領侵攻——どこから広まったか分からない噂話。

しかし、それをたかが噂話だと一蹴する者はほぼいない。

理由は昨今の王国と帝国の友好関係が芳しくないからだ。

帝国皇女と王国王子の急な婚約破棄。その不和を皮切りにし、両国が戦争状態に陥ったとしても不思議ではない。

故にたとえそれが噂話であったとしても、帝国側は備えなくてはならない——王国軍が起こすかもしれない大粒の火種に。

「王国軍の侵攻があると噂されているのは今から約一週間後。各国の視察団が訪れる日と被《かぶ》る可能性が高いわ」

　特設新鋭軍の会議室にて、ヴァルトルーネ皇女は視察場所の警備に関して、話し合いを行っていた。

　リツィアレイテを筆頭にした特設新鋭軍の勇将たちは、緊張感溢《あふ》れる会議室でディルスト地方の立体地図を囲むように立ち、彼女の言葉に耳を傾け頷《うなず》いた。

「我々の仕事は、もしディルスト地方で王国軍の侵攻が確認された際に、速やかな撃退を行うことですね」

「ええ。王国軍のディルスト地方侵攻は市井で流れている噂とは言え、完全に無視できるレベルではないものよ。くれぐれも視察団の方々に被害が出ないよう万全の警備体制を敷いて欲しいわ」

　近隣諸国を募った視察イベント開催に伴い、空気はより重くなる。

　これはヴァルトルーネ皇女にとって失敗の許されない企画。

　彼女が手配した催しは、特設新鋭軍の世界各国へのお披露目と『神魔の宝珠』という帝国のディルスト地方でしか取れない希少な宝石の採掘場の見学など。

　他国の者たちからしても、興味を持つ内容ばかりだ。

「軍の人員的問題で広範囲の警備は難しいと思われますが……」

「帝国と王国の国境沿いにある道路を幾つか塞いだわ。だから大きな迂回《うかい》でもしない限り、王国軍は遮蔽も何もない広大な平野からしか攻めてこられない」

「了解致しました。でしたら周囲の高地へ重点的な人員配備を行うことにします」

「……他に質問がある者は？　うん、ここまではよさそうね。リツィアレイテ、作戦案の共有を軍全体に行って」

「はっ！」

ヴァルトルーネ皇女は卓を囲んだ先に立つリツィアレイテを見据えて告げる。

直立不動のリツィアレイテは綺麗《きれい》な敬礼を行いながら、覇気のある返事をする。

「頼んだわよ」

「お任せください。ヴァルトルーネ様主催の視察イベントを失敗させたりはしません！」

特設新鋭軍を率いる立場になってから、彼女はどんどん成長を続けている。過去のリツィアレイテよりも軍の指揮がスムーズに行えているし、指揮官としてより頼もしくなった。


特設新鋭軍の作戦会議はヴァルトルーネ皇女とリツィアレイテの二人を中心にして進む。

そんな話し合いを扉の隙間から覗《のぞ》く影が二つあった。


「……ふーん。彼女もすっかり頼れる将軍って感じね。まだ若いのに」

「エピカ将軍はまるで親みたいなこと言いますね」

「やかましい……というか、いつまで盗み聞きを続けるの？　私も暇じゃないのだけど」

会議室の扉外で腕を組みながらボヤくエピカは、俺の横腹を突く。

扉に添えた手を離し、俺はゆっくりと会議室から距離を置いた。

「……そろそろ行きましょうか」

「言われなくても」

彼女も俺の後を追うように歩き出す。

「専属騎士ともあろう貴方《あなた》が、まさかあんな会議を聞かせるために私を呼んだわけじゃないわよね？」

「もちろん。こちらの用件は特設新鋭軍とは無関係なものです。俺がエピカ将軍を呼んだのは別件についての話し合いをしたかったからです」

「そう。なら良かったわ」

表立った動きはヴァルトルーネ皇女と特設新鋭軍を率いるリツィアレイテの管轄。

対して裏側で厄介ごとの処理を行うのが、皇女に仕える専属騎士の仕事というものだ。

「話し合いの内容をこの場で簡単に説明すると、ルーネ様が主催する視察イベントの日……王国軍の侵攻と同時刻に反皇女派貴族の一掃を行いたいという内容です」

「――っ！　なるほどね」

「表で動くのは主役たちに任せればいい」

「代わりに私たちみたいな腹黒い人間が汚れ仕事を率先してやるべきってことね」

「言い方は悪いですが、その通りです」

反皇女派貴族の排斥は、ヴァルトルーネ皇女を皇帝の地位に就かせるためには必要不可欠。そして俺は、この件に協力してくれそうな人を事前に招集していた。

「エピカ将軍以外の者は既に密会の場に集めてあります」

「あら、私だけじゃないのね」

「敵対勢力を一掃するために可能な限り戦力を集めておくのは当然のことです」

「確かにそうね」

帝国に来てから、俺はヴァルトルーネ皇女を帝位に就かせるために動き回ってきた。

敵対勢力を隅から隅まで調べ上げ、それに対抗できるだけの戦力を掻《か》き集めた。

「こちらです」

エピカと共に俺は場内でも人の出入りが少ない離れの館に足を進める。

館の最奥にある広い部屋の扉を開けると、そこには数名の協力たちが一堂に会していた。

「あっ！　お兄さん遅いですよ～！」

「……一々騒ぐなファディ。耳が痛くなるだろ」

「はぁ。やっと来たか」

協力たちの面々を見て、エピカは眉を顰《ひそ》める。

「……そう。反皇女派貴族の一掃を行うためにここまでの人間を集めたのね」

「ご不満ですか？」

「いいえ。戦力としては十分じゃないかしら」

彼女の視線は真《ま》っ直《す》ぐ、協力者たちの方へと向いていた。

無邪気な言動とは裏腹に冷酷な一面も兼ね備えた超一流の暗殺者――ファディ。

裏組織の元ボスであり、魔術の扱いにも秀でた女傑――ドロテア。

ゲルレシフ公爵家の次男であり、剣術や騎竜《キリユウ》の扱いなど幅広い分野をそつなくこなす誇り高き上位貴族――リーノス＝フォン＝ゲルレシフ。

そして最後に、帝国軍における魔術師のトップでありダリウス伯爵家の令嬢――エピカ＝フォン＝ダリウス。

以上の四名が今回招集した反皇女派貴族一掃のための協力者たちだ。

「さて。これで全員揃《そろ》いましたね」

「……らしいな。腹黒そうなヤツばかりだが」

リーノスは歯《は》に衣着《きぬき》せぬ物言いで、揃い踏みの印象を語る。

彼の告げた通り、この場に集まったのは腹に一物抱えているような人間ばかりだ。

リーノスは唯一無二の名誉を求め、エピカは揺るぎない貴族としての地位を求めている。

そして俺たちヴァルトルーネ皇女の臣下たちは、彼女の帝位を脅かす存在を早急に排除するために動く。

これは利害が一致した上で生まれた協力関係だ。

「へへ。腹黒くなきゃ世の中生きていけないってことだよね！」

「……ふぅ。まあ卑怯者《ひきょうもの》が得する世の中だからね」

和やかな雰囲気で椅子に深く腰掛けるファディ。

ドロテアも壁に寄り掛かりながら煙草《たばこ》に火を灯《とも》す。

「肝の据わった人たちだこと」

「これくらい緩く構えられる者たちの方が頼もしく感じるんじゃないか」

「あながち間違っていないから反論できないわ」

飄々《ひょうひょう》としている裏組織出身の二人をそう評し、エピカは頷き口角を少し上げた。

「……いいじゃない。反皇女派貴族なんていう面倒なヤツらを出し抜くためには、こういう曲者《くせもの》でないと務まらないと思うわ」

真っ直ぐ過ぎる人間では、この作戦は任せられない。

世の理不尽に揉《も》まれ、物事を疑って掛かれる人間でこそ、厄介な敵と渡り合えるというものだ。

「……それで？　作戦概要はどういうものだ？」

「……ふぅ。せっかちな男はモテないよ」

「ふん。誰かに好かれようなどと考えたことはない。俺は俺の信念を貫くためにここへ来た。前置きなんてなくていい」

リーノスの覚悟が伝わったのか、ドロテアはそれ以上言葉を紡ぐことはなかった。

彼の視線は再びこちらへと向く。

「反皇女派貴族の中心にいる者たちは厄介かつ陰湿だ。一筋縄では行かないぞ」

「理解してます。だからこそ、王国軍がディルスト地方侵攻を行う日に、この作戦を決行

するのです」

「王国軍の侵攻か。あんな噂話を信じるなんて……」

「噂？　あれマジの話だよ」

「は？」

小馬鹿にしたようなリーノスの言葉を遮って、ファディは当然であるかのように語る。それもそのはず。この噂話を市井に流したのは、他でもないヴァルトルーネ皇女の指示によるものだ。

噂を流したのは特設新鋭軍の諜報《ちょうほう》を担う者たち……つまりはファディやドロテアが主導で動いていたのだ。彼ら自身が時間をかけてこの噂話を広め帝国中に浸透させたのだから、噂が噂でないことを知っているのは当然である。

「まさか……噂を流したのか？」

「うん、そゆこと。それにコレって王国にいる協力者からの情報提供だしね！　信憑性《しんぴょうせい》は確かだよ」

「まっ、待て！　なら王国軍は」

「ああ……今日からちょうど一週間後に帝国へ攻めてくるはずさ」

煙草の火を消して、ドロテアは俺の方へと歩み寄る。

「……なぁ。そうだろう？」

「ああ。この話はルーネ様も承知している」

「なっ！」

王国軍の侵攻を匂わせたのは、反皇女派貴族の耳にも入れるため。

これらは全てヴァルトルーネ皇女の支持でもある。

「噂《うわさ》として王国軍の侵攻を匂わせたのは、情報が正しいことを確定させたくなかったから？」

「その通りです」

「でも何故《なぜ》？　この情報を表に出して得することなんてないはずだけど」

首を傾《かし》げたエピカにドロテアは諭すような表情で呟《つぶや》く。

「……襲撃の容疑者候補は多ければ多いほどこちらにとっては好都合だろう」

「——まさか。今回の反皇女派貴族潰しの件で、王国軍に罪をなすり付けるつもり!?」

「罪のなすり付けだなんて……相手が勝手に勘違いするだけさ」

ドロテアが不敵な笑みを浮かべたところで、俺はあらかじめ用意していた衣装を中央の長机に置いた。

「これは……」

「王国軍の兵士が着ている制服です。一般兵のものしか用意できませんでしたが……」

机上に置いた衣装を着込めば、頭から足先まで完璧に王国軍の兵士として見られるだろう。流石《さすが》に上官が着ている特別仕様の制服までは用意できなかったが、一般の王国兵として偽装を行うのなら完璧な代物である。

「ふん。騙《だま》す気満々じゃないか」

「ほらほら、こっちにはちゃんとした剣もあるよ〜」

文句を垂れるリーノスを無視し、ファディは腕一杯に王国軍特注の長剣を持ってくる。

「……これだけのものをどうやって手に入れたの？　容易《たやす》く手にできるものでもないでしょうに」

用意した偽装衣装を一通り見てから、エピカは尋ねてくる。

王国軍の兵が着る制服は、当然市井には流通していない。

ましてや今の俺は帝国側の人間。

王国軍の兵が使う支給品を手にすることは普通ならあり得ないことだ。

……だが、俺には入手困難な物品を仕入れるアテがあった。

「俺の友人に大商会のお嬢様がいるんですよ。彼女に頼み込んで、王国軍から作製依頼を受けていた物品と全く同じものを横流ししてもらいました」

「……なるほど。クリミア商会の子ね」

「はい。特設新鋭軍では騎竜兵として頑張ってくれてます」

エピカは納得したのか、すぐにミアのことを悟ったようだ。

普段の適当な言動と行動からはイメージが湧きにくいが、ミアはクリミア商会長の一人娘であり、れっきとした大商会のお嬢様なのである。

彼女の協力があれば、大抵の物品は手元に届く。

もちろんそれは、俺が彼女と信頼関係を築いてきたから行えることだが。

「使える者は友でも使うということか」

「事情を話して、同意の下で協力を取り付けています。命令だとかは一切していないですよ」

「ふん。どうだかな」

リーノスの毒の混じった言葉を受け流し、俺は一息吸い込んだ。

「王国軍の帝国侵攻は到底許されることではありません。彼らの蛮行にただ対処するだけでは割に合わないでしょう」

王国軍の侵攻を許して、こちらからは何もできないなど不条理な話だ。

そもそも王国軍が帝国領内へ侵入してこなければ、この偽装作戦自体生まれることはなかった。

他国の領地を害そうとしている不届者の名を利用したことで、非難される筋合いはない。

「王国軍が帝国領に攻めてくるのなら、こちらは彼らの名を騙《かた》り、反皇女派貴族抹殺の濡《ぬ》れ衣《ぎぬ》を着せます。リーノス殿も王国軍に慈悲など必要ないと思いませんか？」

「……別に、俺は卑怯な手段を行使することが気に入らないだけだ」

「反皇女派貴族は陰湿な連中なのでしょう。ならばこちらも卑怯な手を使わなければ、彼らを欺くことはできません。襲撃したのが我々皇女側の人間であると知られれば、反皇女派貴族からの風当たりは一層強くなります」

「バレない保証はないだろ」

「けれど……絶対にバレるわけでもない」

リーノスの反論を封じるように、エピカが口添えをする。

彼女も俺の提案した作戦に同意をしたようで、未《いま》だ反論を続けるリーノスに厳しい視線を向けていた。

「騙し討ちなど、帝国貴族としての振る舞いではないはずだ」

「さあそんなこと知らないわ。少なくとも、反皇女派貴族たちにその理論は通じないでしょうね」

「この俺にヤツらと同じレベルまで落ちろと?」

「正攻法がいつも最善であるとは限らない。状況に応じて動き方を変えることを覚えた方がいいわよ……貴族社会で生きているなら余計にね」

リーノスの言葉はエピカによって全て打ち消される。

「……まあ、我慢も必要ってことだよね」

「私らは散々手を汚してきたから慣れているが、貴族のお坊ちゃんともなれば、話は別さ。抵抗もあるんじゃないのか」

王国軍になりすまして、反皇女派貴族を討つことに、エピカとファディとドロテアは肯定的。反対はリーノスだけのようだ。

「リーノス＝フォン＝ゲルレシフ。この程度のことで躊躇《ちゅうちょ》するようなら、今ここで降りることをオススメするわ――私たちはとっくに覚悟をしているもの」

「………………」

エピカの言葉を聞き、彼は口を噤《つぐ》んだ。

敵対派閥への攻撃が明るみに出れば、今後の動きやすさにも影響してくる。

リゲル侯爵を討った時は現皇帝グロードからの命令という明確な理由があった。

しかし今回は、そのような大義名分が全くない。

ヴァルトルーネ皇女の後ろ盾も今回は使わず、今回は俺たちが独断で動くことだ。

「この先、謀略と謀略のぶつかり合いが頻繁に起こるはずです。正々堂々敵を倒したいというリーノス殿の気持ちは汲《く》みたいですが……今回はこちらの意向に従っていただきたい」

「……分かった」

「ご理解感謝します」

リーノスは帝国貴族としての誇りを誰よりも重んじている。

それが悪いこととは思わないが、決断を鈍らせる原因になるのであれば、そのようなプライドは邪魔になる。

「……かつての俺も、真っ向勝負に勝てるのなら卑怯な手を使う必要はないと思っていました」

「――っ」

「しかしそれでは、守れないものがあると知りました。何かを守るためには、信念を曲げる場面も出てくるのです」

どれだけ剣の腕が立とうとも、大事な人を死なせることは多々ある。

人には人の限界があり、試行錯誤を繰り返していかなければ、苦境を乗り越えられない。

「今回の作戦はルーネ様の皇位継承に大きく影響します。失敗は許されません」

一週間後にある王国軍の侵攻——そして同時に起こす反皇女派貴族の抹殺を以《も》って、彼女の皇位継承を盤石なものにする。

ヴァルトルーネ皇女の更なる名誉向上と敵対勢力の弱体化を図れれば、近いうちに彼女が次期皇帝として帝国全土を掌握することができる。

「ターゲットの抹殺に導入する戦力は少数精鋭で固めます。基本は特設新鋭軍の諜報部門の人間から構成し、リーノス殿には公爵家から何名か腕の立つ者を、エピカ将軍には相手を攪乱《かくらん》するための陽動を行ってもらいます」

「なるほど。俺らが実行犯だね！」

「当日の私は、王国軍との戦闘で偵察役を任されている。だから反皇女派貴族抹殺の指揮はファディに一任するが……」

「俺が数人指揮できる人間と強力な戦闘員を見繕う。失敗するようなことはない」

「ふっ。なら安心か」

「二人とも酷《ひど》いよッ!?」

実際に反皇女派貴族の抹殺に動くのは、ファディとリーノスの二人になるだろう。

相性などは今のところ未知数だが、戦力としては申し分ない。

「……私は陽動部隊なのね」

「はい。二人が襲撃を開始したタイミングで、付近で何かしらの騒ぎを起こしてもらえると助かります。エピカ将軍の魔術であれば、なんでも起こせるでしょう？」

「ふふっ、確かにそうね。けれど帝国軍の師団長を陽動に使おうと考えるなんて、多分貴方《あなた》か陛下くらいよ」

「物足りませんか？」

「いいえ。たまには脇役に徹するのも悪くないわ」

エピカの魔術は強力過ぎるため、良くも悪くも目立ってしまう。

彼女がこちらの協力者であると知られないためにも、ここは慎重に陽動部隊に回ってもらうのが最適だろう。

「配置については以上です。他に何か質問はありますか？」

問いかけると、真っ先にエピカが手を挙げた。

「……私たちの配置については理解したわ。……それで貴方は一体何をするのかしら？」

「王国軍との戦闘に備える……という説明では納得しなそうですね」

「ええ。王国軍と戦うのは特設新鋭軍。ヴァルトルーネ様の専属騎士である貴方が出る幕ではないもの。だから普通なら、この件の言い出しっぺである貴方は、反皇女派貴族と戦うことを選ぶはず……でも」

「直接関与するような話は微塵《みじん》も聞いてないな」

「そうなのよ。貴方……まだ私たちに隠していることがあるでしょう」

エピカだけでなく、リーノスからも鋭い視線が向けられる。

ファディとドロテアからの助け舟はなく、ただただ重い沈黙が場を支配した。

「答えられない質問かしら？」

「いえ」

「では教えてもらいましょうか。私たちが面倒なゴミ掃除をしている間、貴方が行うことについて」

反皇女派貴族と対峙《たいじ》するのは、大きなリスクを伴う。

そのリスクを承知の上で彼らは協力を申し出てくれた。当然彼らには、彼らの思惑があるのだが、それを抜きにしても必要のない隠し事は信頼関係に亀裂を入れる要因になる。

「──特設新鋭軍が王国軍と対峙し、皆さんが反皇女派貴族の者たちと一戦交えている間、俺は別の敵対勢力を叩《たた》くつもりです」

「別の敵対勢力？」

「……スヴェル教団さ」

「──っ!?」

俺が答えるよりも前に、ドロテアが呟《つぶや》く。

予想外の勢力が介入することに、エピカとリーノスは言葉を詰まらせた。

「彼女の言う通り……俺が相手をするのは王国軍を囮《おとり》にし、帝国領内に侵入してくるであろうスヴェル教団です」

「宗教関連の連中だし、ある意味一国を敵に回すより厄介だよね。まあ敵なら潰すしかないんだけどさぁ……」

既に情報を知り得ているファディとドロテアは動じることなく、代わりに面倒くさそうにため息を吐《つ》き、気怠《けだる》そうな顔つきになる。

「……貴方は反皇女派貴族や王国だけでは飽き足らず、スヴェル教団とも事を構えるというの？」

「そのつもりです」

「一度に面倒な組織を三つも相手にするなんて、正気とは思えないわ。貴方はもっとリスクリターンの計算ができる人だと思っていたのだけど、私の見込み違いだったかしら」

確かに敵が多ければ多いほど、一組織に対して割けるリソースは制限される。

戦力が不足し、勝算がなくなるというのも理屈としては理解できる……だが、悠長に一つ一つ敵を倒している余裕がないのも事実だ。

地盤を固めるために帝国内部での派閥争いに競り勝つことは必須事項。

しかし王国や教団は、こちらの事情を考慮して動いてはくれない。彼らは今すぐにでも帝国へと攻め入ろうと策謀を巡らせている。

ない事態です」

「王国軍と教団は一週間後に必ず攻めてきます。同時に相手取ることになるのは避けられ
「なら反皇女派貴族潰しは別の機会にするべきよ。焦って動けば手が回らなくなることくらい……」

「そんな悠長に構えている暇はない！」

「――っ！」

「お兄さん。落ち着いて」

すぐに冷静さを取り戻せたのは、ファディが宥《なだ》めてくれたからだった。

「すみません。取り乱しました」

「……その焦り方。何か深い事情がありそうね」

察しのいい人だ。……しかしこれは話せないことだ。

王国と帝国が戦争を始め、その後帝国は滅亡。帝国側で戦っていた勇猛な将兵たちは皆死んでしまう。

――話せるわけがない。

「……はぁ。これ以上は聞かないわ」

エピカなら深掘りしてくるかと思っていた。しかし彼女は予想に反してあっさりと引いてしまう。

「本当にいいのか？」

「まあ気にはなるけれど。全部を曝《さら》け出せだなんて、私は言える立場じゃないもの」

「俺は言えるがな」

「貴方は、ね。他の人間は違うのよ」

隠し事に否定的なリーノスを宥め、エピカは俺の肩に手を置いた。

「貴方って、意外に動じる場面が多いのね。中々面白いものを見させてもらったわ」

妖艶な声で囁《ささや》くと、彼女は満足げに微笑《ほほえ》み、部屋の扉に手を掛けた。

「じゃあ私はこの辺で失礼するわ。襲撃組はまた後日打ち合わせをしましょう」

呼び止める間もなく、エピカは部屋を立ち去った。

暫《しばら》くして、リーノスも扉の前へと向かう。

「……役目は果たす。俺を帝国軍の軍務卿《きょう》に据えるという約束……忘れるなよ」

そうして部屋には俺とファディとドロテアが残されることとなった。

「行っちゃったね」

「まあ、問題はないだろうよ。各々の役目はきっと果たすはずさ」

ファディは王国軍の備品を弄《いじ》り回し、ドロテアも呑気《のんき》に二本目の煙草《たばこ》に火を灯《とも》す。

切羽詰まっているのは俺だけで、二人には謎の余裕があった。

「……何を不安に思っているか知らないが、神経質になり過ぎるのは身体《からだ》に毒だ。適度な息抜きも上に立つ人間としてするべきだよ」

「あぐぅっ!?」

煙草から出る白い煙を揺らしながら、ドロテアは剣を振り回すファディの首根っこを摑《つか》んで席を外した。

静かな空間に取り残された俺は、目を閉じ俯《うつむ》く。

――神経質になり過ぎ、か。

ドロテアに言われた言葉について考える。

先に待つ未来を考えれば考えるほど、休んでいる暇はないと思えてならない。

一息吐けるのは、面倒事が諸々《もろもろ》解決した後になるだろう。

今はただ、最善だと信じた道をがむしゃらに進むしかない。

それが今の俺にできるヴァルトルーネ皇女への忠誠の示し方だ。

第一章　開戦の狼煙

1

王国歴一二四一年八月下旬。


日照りが一層強くなり、熱気が支配する真夏日にて、ディルスト地方での特設新鋭軍の軍事演習と神魔の宝珠採掘場見学を含む大規模視察が行われる。

ディルスト地方にある宿泊街には、諸外国から視察に訪れた多くの要人たちで溢《あふ》れ返っていた。

「いよいよ視察か」

「今日は見どころが多いようですしな！」

「神魔の宝珠が多く取れる採掘場と皇女殿下が新たに設立した特設新鋭軍の軍事演習を同時に見学できる。いやぁ、本当に楽しみで仕方がない！」

「きっと有意義な視察になるでしょうな！」

「「はっはっはっ！」」

他国からやって来た者たちは、宿の朝食の席で、楽しげに談笑を行っていた。

彼らの笑い声は宿の外まで聞こえており、外で待機しているフレーゲルはこめかみを押さえながら、呟く。

「呑気なものだな……」

「何も知らないから仕方がないだろ」

「まあ確かに」

彼が遠い目で見つめる先は、ディルスト地方北東部。

丁度王国と帝国の国境沿い付近だった。

「楽しい視察が一気に地獄絵図へと豹変《ひょうへん》……そうなった時、あの呑気なやつらは、どういう反応をするんだろうな」

視察のためにディルスト地方を巡り歩いていたら、突如として視察場所に王国軍が攻め込んでくる。そこで丁度、軍事演習中の特設新鋭軍が王国軍を迎え撃つ。そこからは両軍入り乱れる慈悲のない殺し合い。

「度肝を抜かれるだろうな」

「違いない」

フレーゲルはその場で、腰に携えた剣の柄《つか》を握る。

その手は少しだけ震えていた。

「……俺は戦うのが得意じゃない」

「視察団の護衛任務のことか」

「ああ。王国軍の兵士と戦うことになったら、勝てる気がしない」

視察団の警護にはフレーゲルを含めて、特設新鋭軍から五十名程度が配備される。

ただ視察団は常に、戦争に巻き込まれないような場所を巡る予定だ。

フレーゲルの背中に手を添え、少し明るめな声で言う。

「安心しろ。視察団が襲われる時は――特設新鋭軍が壊滅した時だ」

「……ふっ。安心要素どこだよ」

「特設新鋭軍は負けないってこと」

「――っ！」

フレーゲルが不安に思っていることを現実にはしない。

俺の知っている帝国は王国軍に敗れてしまったが、今回王国軍と相対するのは、ヴァルトルーネ皇女がゼロから創り上げた特設新鋭軍。

これまでの帝国には存在しなかった新しい軍事戦力だ。

この日に備えて、彼女は軍の増強を繰り返してきた。

負けるつもりは一切ない。

「特設新鋭軍には頼れる人間が沢山いる。フレーゲルは彼らを信じて、視察団の警護をすればいいいんじゃないか？」

「……確かにアルディアの言う通りだな。ありがとう」

フレーゲルの気持ちを少しは軽くできただろうか。

彼の強がったような声を背に、俺はその場を立ち去った。

「……何が特設新鋭軍は負けない、だ」

自分の発言を復唱すると、自嘲混じりの笑みが溢れる。

偉ぶったことを言った俺自身もまた、今回の戦いに大きな不安を抱えている。

敵の出方は全て理解している……そのはずなのに、激しい胸騒ぎは一向に消えてくれないのである。

2

「本日は遠路遥々《はるばる》お越しいただき、誠にありがとうございます。本日の視察が皆様にとって有意義なものになりますよう、準備を進めて参りました。本日はよろしくお願いします」

視察団の面々にヴァルトルーネ皇女は透き通るような白髪を揺らしながら深く頭を下げた。

ディルスト地方――視察開始。

「初めにこの地における主要産業の案内から行いたいと思います。こちらです」

帝国の皇女が直々に領内を案内するこの視察は、帝国にとっても、他国にとっても初めてのこと。

更には今回の視察で、他国に公開していなかった情報を多数紹介する。

この視察への期待値は相当高いものとなっていた。

「次はこちらです」

山道を歩くヴァルトルーネ皇女に視察団の者たちは楽しげに話しながら付き従う。

俺は視察団の後方で警備隊の一人として振る舞っていた。

視察団の者たちがディルスト地方の視察を行う中、黒装束の男が俺の耳元で囁く。

すぐに俺はヴァルトルーネ皇女の元へと駆け寄る。

そして視察団の者たちが離れたタイミングで、俺は彼女に告げた。

「ルーネ様。諜報《ちょうほう》の人間より、王国軍が国境に迫っているとのことです」

「そう。報告ありがとう。特設新鋭軍との衝突までどのくらいかしら？」

「恐らく二時間以内で王国軍が平野に姿を現すと思われます」

説明を終えると、彼女は視線を下に落として考え込む。

「……視察のペース的に軍事演習は」

「およそ一時間後かと」

「そう。なら気持ちゆっくり進行しようと思うわ」

ヴァルトルーネ皇女は可愛《かわい》らしくウインクした後に、視察団の者たちが集まっている場へと駆け寄り、談笑に交ざり込んだ。

彼女は本来の目的を果たすために、普段よりも饒舌《じょうぜつ》に話すのだった。

不自然には見えない時間調整。

どうやら世間話を行って時間を少し潰すらしい。

——なるほど。

3

ディルスト地方におけるこの視察は名ばかりのもの。

本当の目的は王国軍が帝国へ不当な侵攻を行った瞬間を、大陸中の人間に晒《さら》すためである。

だからヴァルトルーネ皇女は、王国軍と特設新鋭軍の衝突のタイミングを計算して、視察の巡回ペースを細かく考えているのだ。

加えて今回一番の目玉である神魔の宝珠が多く取れる採掘場の見学だが、特設新鋭軍の軍事演習後……つまりは視察の最後に行われる予定なのである。しかし王国軍が攻めてきたとなれば視察は中断。

だから事実上、彼女は他国の人間に神魔の宝珠の採掘場所を明かすつもりがない。

世界中から人を集めるため、重要な機密情報を餌に多くの国の人間を釣り上げた。

「はっはっはっ！　特設新鋭軍も採掘場の見学も、本当に楽しみでありますよ！」

「ええ。最後までお楽しみいただけると幸いです」

呑気《のんき》な男の笑いに同調し、彼女も口元を隠して淑《しと》やかに笑う。

――彼女は本当に優れた策士だ。

あの裏表のなさそうな綺麗《きれい》な笑顔を見て、まさか自分たちがヴァルトルーネ皇女にいいように利用されているとは気付くはずもないだろう。

「さあ……仕上げだ」

視察も中盤に差し掛かる。

特設新鋭軍の軍事演習――もとい、王国との開戦がすぐそこまで迫っていた。

4

「リツィアレイテ将軍。密偵より王国軍が国境を跨《また》いで帝国領内に侵入したとの報告がありました。じきに平野に王国軍の先鋒《せんぽう》部隊が姿を現すはずです」

――ついに始まってしまった。

特設新鋭軍の将軍として、初めて他国の軍隊との戦闘を行う。

正直言うと、私は一軍を率いる人間としては経験が浅い。

個人としての戦闘技能は優れていたとしても、軍の統率を取れるかと聞かれると別だ。

「ふぅ……いよいよ、ですか」

緊迫感の漂う現場。

他の兵士たちにも私の緊張が伝わったのか、動きがぎこちないように思える。

――ダメですね。私が不安になっていたら、部下たちに示しがつきません。

「総員。急ぎ配置に着け！　騎竜《キリュウ》部隊は上空より地上の情報収集に努め、地上部隊は平野に対して一斉攻撃の可能な場所を陣取りなさい」

私の命令により、特設新鋭軍は動き出す。

そう……私はヴァルトルーネ様より、この軍の命運を託されたのだ。

怖気付《おじけづ》いている暇はない。

前線には頼れる兵たちが赴き、私は指揮官として後方から軍全体を支える。

「リツィアレイテ将軍。ここが俺たち特設新鋭軍の正念場ですよ！」

「ええ。そうですね」

「王国軍なんかに負けませんよぉ！」

「だな！　ここで戦果を挙げて、特設新鋭軍の地位をどんどん押し上げちゃおうぜ！」

兵士たちの士気は高い。

彼らの言った通り、ここで王国軍の猛攻に耐え、帝国領を守り抜ければ、特設新鋭軍の未来は安泰だろう。

元々はヴァルトルーネ様が創設した小さな軍隊。

実績もなければ、実力も未知数だった私たちだったが、内戦で勝利を収めた後は、着々と成果を挙げ続けてきた。

大丈夫。このメンバーであれば、どんなに強大な敵が現れようとも、必ず勝利を収められるはず。

それに作戦が嚙《か》み合えば、人数の少ない我々でも勝算は十分にある。

大量の魔道具を導入した敵軍殲滅《せんめつ》作戦——軍全体の指揮こそ私が行うが、この作戦における最重要のポジションを担うのは、

「緊張していますか？」

「……大丈夫です。やり切ってみせます！」

魔道具の発動を行う魔術師たちをディルスト地方全域で動かしながら、魔道具の発動タイミングの指示を下すペトラだ。

「期待していますよ。貴女《あなた》ならきっと上手《うま》くやれます」

彼女は特設新鋭軍創設時から、魔術師として頭一つ抜けた活躍をし続けてきた。

それこそ士官学校を卒業して一年未満とは思えないほど、部下の動かし方や戦いにおける駆け引きを完璧にこなしている。

「リツィアレイテ将軍。ありがとうございます」

自信に満ち溢《あふ》れたその瞳からは、年齢以上の頼もしさが醸し出されていた。

それに、

「ふんぎゃぁぁぁっ！　ミアてめぇ……騎竜の躾《しつけ》くらいしっかりしろよ。手首ガッツリ嚙

まれたぞ!?」

「ふふん。これは油断しているスティアーノを鼓舞してやるために、意図してやってるんだよ～行けポチ。噛み付け噛み付け♪」

「いだだだだっ！　は、歯形が残るだろうがぁ！」

「こらスティアーノ、ミア！　大事な戦いの前なのにふざけるのも大概になさい！　これでヘマしたら魔術でぶっ飛ばすわよ!?」

緩んだ空気を引き締められる指揮官としての役割を果たす姿勢。

「ペトラ先輩～魔道具の設置場所を記した地図を無くしちゃいました……」

「私の予備があるから落ち込む必要はないわ。次から気を付けるのよ？」

「うぅ、ありがとうございますぅ……！」

「そんな泣くことじゃないでしょ。ほらハンカチ」

部下の過失を補い、心のアフターケアまできちんと行う面倒見の良さ。

「ペトラさん。こちらの戦力は王国軍に到底及びません。本当に勝てるのでしょうか……？」

「何を弱気になっているのよ。人数が少ないだとか、経験が浅いだとか、そんなの関係ないの。安心なさい。何千何万の敵が押し寄せてこようと、私の魔術で全員吹き飛ばしてあげる。だから貴方《あなた》たちは自身にできる最善を尽くせば問題ないわ」

そして戦場を駆ける兵としての心構えが誰よりもできている。

大勢を率いる指揮官としての素質がどれも優れている彼女なら、あらゆる局面で冷静に適切な対処を行えるはずだ。

「頼もしい限りですね」

「え？」

「ふふ。貴女が特設新鋭軍に入ってくれて良かったと言ったのですよ」

賛辞の言葉を伝えると、彼女は顔を赤く染めてそっぽを向いた。

「あれ？　もしかしてペトラちゃん照れてるの？」

「う、うるさいわね！　ほら騎竜持ちはさっさと空に向かいなさいよ！」

「は～い。スティアーノ、私の代わりにペトラちゃんを弄《いじ》るのは任せた！」

「おうよ！　任せとけ！」

「二人とも、あとで覚えてなさいよ……！」

「うわっ。魔術で撃ち殺される！　逃げろ～♪」

「おいずるいぞミア！　地上にいる俺だけ犠牲になる展開じゃねぇか！」

「へへっ。知～らない」

──はぁ。結局最後まで悪ノリしてましたね。

あとはミアとスティアーノという問題児たちを完全に制御できれば、文句なしなのだが。

「うちの馬鹿二人がすみません……」

「いえ。後ほど軍の規律について、きっちり指導するしかありませんね……」

早くも別の問題が浮き彫りになったが、今は王国軍との戦いに集中する他ない。

気を取り直して、私は大軍勢が迫る平野の方へ視線を向けるのだった。

5

私の名はラクエル＝ノヴァ。

ロシェルド共和国の評議会議員であり、国を代表して帝国に赴き、今回の視察団の一員として参加することとなった。

共和国の評議会議員として、帝国の軍事力や技術力をこの目で見るという目的があったが、士官学校時代の友人であるヴァルトルーネ皇女が主催した視察イベントということで、私は密《ひそ》かに彼女との再会を待ち望んでいた。

『ラクエル。今日は来てくれてありがとう』

『ううん。こちらこそ久々にルーちゃんと会えて嬉《うれ》しいよ』

ヴァルトルーネ皇女と国の代表として向き合うことは初めてで、少し緊張もしたが、士官学校の頃と変わらず、彼女は道中でも気さくに話しかけてくれた。

──今日の視察、やっぱり来てよかったな。

視察は順調に進み、私は気分よく帝国の地を歩くことができていた。今日という日はきっと一生の思い出になるだろう。

そんな楽観的な考えを頭に浮かべていた時だった。

「なっ、なんだあれは!?」

それは突然の出来事だった。

視察を行っていた者の一人が、遠くから迫る砂煙に気付き、ディルスト地方の平野を指差したのだ。

まるで何かの厄災の前触れかのような地鳴り。

そしてその嫌な気配の正体が明かされた。

「お、王国軍だ！」

「なっ！」

「王国軍だと!?」

「王国が帝国に侵攻しているというのか!?」

「あり、えない……」

王国軍の大軍勢——目視で確認できるだけでも軽く一万は超えていた。

和やかだった視察の雰囲気は一変し、視察団一同が恐怖を感じる瞬間だった。

「アル！　状況を説明して！」

王国軍の襲来に混乱する視察団。

しかし唯一ヴァルトルーネ皇女だけは冷静に部下に声掛けを行っていた。

「……王国軍が侵攻してきたようです。数は最低でも四万は固いかと」

「特設新鋭軍に通達は？」

「こちらで既に共有済みです」

護衛の者たちは素早く動き、動じることなく役割を遂行している。

「皆さん！　王国軍の急襲です。ここは危険なので、急ぎ避難を行ってください。フレーゲル、視察団の方々と護衛の者たちを連れて仮設要塞に移動を！」

「承知致しました。皆さん、こちらです！」

――まるで全てを予知していたかと錯覚してしまうほど、完璧な立ち回りだった。

「ルーネ様。軍事演習中の特設新鋭軍は既に臨戦態勢です。リツィアレイテ将軍が王国軍を囲い込むように布陣を済ませております」

「分かったわ。私たちも急いで前線に向かいましょう！」

「ル、ルーネ様ッ!?　いけません。前線は危険過ぎます！」

視察場所から少し距離が離れた時、聞き捨てならない話が聞こえてきた。

――皇女自ら前線に立つですって!?

この話は私以外にも聞こえていたようで、

「皇女殿下が戦うのか!?」

「何故《なぜ》わざわざそんな危険な真似《まね》を……」

「兵たちに戦わせれば良い話ではないのか？」

驚きの声と共に、皇女としての振る舞いに疑問を持つ声が挙がった。しかし、ヴァルトルーネ皇女の凜《りん》とした顔付きと、その切実な想《おも》いを聞いた瞬間――騒々しかった面々は口を噤《つぐ》んだ。

「黙りなさい。皇女である私が前線に立たずして、誰が国を脅かす脅威に対抗できるというの？　ここは私の愛する帝国――祖国が侵略の危機に瀕《ひん》しているのに、逃げ出すような真似はできないわ。それに今回の視察は私が主催したもの……主催者である私には視察に招いた方々を守る義務があるの」

「しかし……」

「視察団の方々をこれ以上危険に晒《さら》すわけにはいかない。分かるでしょう？」

「そう、ですが……分かりました」

祖国への強い愛情と視察に来た私たちへの厚い配慮。

視察に来た私たちは、ヴァルトルーネ皇女のことを単なる一国の皇女として見ることはできなかった。彼女は神々しい救世主のように、真っ赤な衣装をなびかせる。

「行くわよアル。これ以上王国軍の好きにはさせられない」

「はっ！」

その後ろ姿は、誰もが惚《ほ》れ込んでしまいそうなほど慈愛と勇敢さ溢れるものだった。

「皇女殿下……」

「わしらなんかのために戦われるというのか」

「なんと勇敢な」

老人たちは涙腺が緩いのか、泣き出す者たちまでも現れた。

そんな私も少しだけうるっと来たのは秘密だ。

つい数ヶ月前まで士官学校に通っていた学生だったとは思えないくらい、彼女は国の未来を誰よりも真剣に考える立派な統治者になっていると思い知らされた。

「これは私もうかうかしていられません……！」

士官学校の頃は同じ立場だと思っていたのに、全然違った。

彼女は私よりもずっと先を行っている。

学生時代とは打って変わり、一国の皇女としての責務を誰よりも理解しているヴァルトルーネ皇女を見習い、私も大いなる脅威から国を守れるような人間になりたいと思った。

6

「……私の演技はどうだったかしら？」

「完璧でした。流石《さすが》はルーネ様です」

特設新鋭軍との合流を急ぐ俺とヴァルトルーネ皇女。

林道で馬を走らせながら、先程行った一芝居について語り合う。

「あれで少しは王国側に流れる国が減ってくれると嬉しいのだけど……」

「ルーネ様の勇姿に心打たれた者は多かったはずです」

「そうだと嬉しいわ」

視察団の者たちは、ヴァルトルーネ皇女の熱弁に尊敬の眼差《まなざ》しを向けていた。

一国の皇女が危険を顧みず、自ら侵略者に立ち向かう。

王国軍との戦いが終わった後、この好印象を国に持ち帰ってもらえれば、今以上に帝国と親交を深めようとする国も出てくるはずだ。

「視察に関して、やるべきことは全部やったわ。次は王国軍との戦い……いいえ、私たちが相手にするのは」

「教団、ですね」

王国軍の相手は特設新鋭軍が引き受けてくれる。

俺とヴァルトルーネ皇女がすべき動きは、王国軍の陰に潜み、ディルスト地方への侵入を果たした教団軍の撃退だ。

「作戦本部に待機させてある兵たちを迎えに……きゃっ！」

「ルーネ様ッ！」

馬を走らせていたヴァルトルーネ皇女の付近に大きな黒い物体が落下した。

砂塵《さじん》を撒《ま》き散らしたその物体は、少し痙攣《けいれん》した後に動きを止めた。

「これは」

「騎竜《キリュウ》……」

空から降ってきたのは、両翼が焼け焦げ、全身ボロボロの騎竜だった。

騎竜の背に乗っていた兵士は多くの弓矢で全身を貫かれて息絶えており、戦場で繰り広げられる戦いの激しさが窺《うかが》える。

「ルーネ様、お手を」

「ええ」

騎竜が墜落した衝撃により、ヴァルトルーネ皇女の馬が怪我《けが》をしてしまった。

幸いヴァルトルーネ皇女自身は怪我一つなく、彼女をこちらの馬へと引き上げた。

「この辺りもかなり危険みたいね」

両軍入り乱れる戦場に近付くにつれて、危険は大きくなる。

空を飛ぶ騎竜兵であっても、魔術や弓矢によって撃ち落とされる恐れがあり、ディルスト地方はどこもかしこも危険地帯と化していた。

「騎竜兵は遥《はる》か上空から敵陣形の偵察をしているはず……なのに撃ち落とされたということは」

「高度を下げて、王国軍を強引に狩ろうとしたのね」

「地上部隊が厳しい状況なのかもしれません」

「アル。最短ルートで作戦本部にお願い」

「はい！」

特設新鋭軍は全軍合わせて五千の兵力。

対する王国軍は四万を超える超大軍勢。

侵攻を抑えるのが厳しいのは明白だった。

「魔道具を使わなければ、こちらに勝ち目はありません」

「魔術師たちに発動を指示する指揮官がいるはず……もしかしたら、その人がやられているのかしら？」

「だとしたら最悪ですね……撤退も視野に入れつつ動きましょう」

早くも敗色が濃くなる中、俺たちは作戦本部へと到着。

作戦本部には多くの負傷兵が運び込まれており、お世辞にも優勢であるとは思えないものだった。

そして作戦本部の一番広いテント前では、深刻そうに眉を顰《ひそ》めるリツィアレイテと各将官の姿があった。

「リツィアレイテ！」

「ヴァルトルーネ様ッ！　お待ちしておりました」

「戦況はどうなっているの？」

リツィアレイテは少し焦ったような顔で、仮設テントの前にある大机に両手を置いた。

「現状、特設新鋭軍は王国軍の侵攻を抑えきれていません」

「戦力差が大きいのね」

「ええ。加えて騎竜兵たちは上空から地上へ圧力をかけているのですが、相手は怯《ひる》まず前進を続けてきており、そのせいで王国軍の包囲網も崩壊しつつあります」

王国軍は上空への警戒を捨て、前方の敵を殲滅《せんめつ》に掛かっているのか。

「痺《しび》れを切らした騎竜兵が急降下して、王国軍に攻撃を仕掛けていますが、ことごとく撃ち落とされ、空中戦力もだいぶ削られてしまいました」

大机に展開されたディルスト地方の見取り図には、多くのバツ印が記載されており、損害の大きさが一目で分かった。

「魔道具の方はどうなっているの？」

「魔道具の発動に関しては、ペトラに全てを任せています。しかし……開戦直後から連絡が取れなくなっていて」

「……そう」

リツィアレイテの一言により、いよいよ最悪の事態が現実味を帯びてきた。

「……ペトラ」

だが俺は最悪の事態を信じたくはない。

あのペトラがそう簡単にやられるなんてことあるはずがないのだ。

「ルーネ様、ペトラの捜索を行うべく前線に向かってもよろしいですか？」

そう打診するが、ヴァルトルーネ皇女は険しい顔付きで首を横に振る。

「ダメよ」

「どうして……」

「貴方《あなた》は私と共に教団軍との戦いに備えなくてはならない。私情で作戦を台無しにするわけにはいかないわ」

「――っ！」

全てヴァルトルーネ皇女の言っていることが正しかった。

俺は私情に流されて、自分の役割を放棄しようとしたのだ。

「アル。貴方の気持ちは痛いほど分かるわ……でもね。これが戦争なのよ」

その一言こそがこの場における真理だった。

戦争はあっさりと大事な人を奪い去る。

どんなに仲の良かった人でも、どんなに優れた人でも、死ぬ時は一瞬だ。

「申し訳、ありません……もう平気です」

散々感じてきた失うことへの痛み。

それはきっと一度人生をやり直した今でも変わらず付き纏《まと》うものなのだろう。

――ペトラ、すまない。

リツィアレイテの説明と地獄のような戦場……ペトラが既に亡くなっている可能性は非常に高い。けれども俺は、そこで足を止めていてはならないのだ。

「リツィアレイテ。このままだと王国軍は最悪帝都まで侵攻してくるかもしれないわ。なんとか立て直して、帝国軍の救援が来るまで持ち堪《こた》えてちょうだい！」

「はい。この命に代えても任務を遂行致します」

「アル――私たちは」

「はい。行きましょう！」

ヴァルトルーネ皇女の言葉に力強く返事をする。

特設新鋭軍の兵たちは、まだ前線で王国軍の大軍勢を相手に戦いを続けている。

ここで俺が自身の役割を放棄すれば、ここにいる全員の頑張りを踏み躙《にじ》ることになる。

「殿下……こちらは準備完了であります」

「そう。ならすぐに出発よ」

待機組の兵たちは五百余り。

王国軍を相手にしながらも、リツィアレイテが本部に残してくれた最後の戦力だった。

「リツィアレイテ。王国軍のこと……頼んだわよ」

「はい。ヴァルトルーネ様もお気を付けて」

ヴァルトルーネ皇女は兵たちを連れて先に森林へと向かって行った。

俺もすぐに後を追おうと足を踏み出したが、後ろ手を強く握られた。

「アルディア殿」

「……どうされましたか」

「いえ。大丈夫かなと思って……」

「ご心配をお掛けしました」

平気であることを主張してみるも、彼女は握る力をより強めた。

「ペトラのことはこちらでも捜してみます」

「ありがとうございます……」

リツィアレイテは感情の機微を読み取るのが上手《うま》い。

今もこうして、必死に感情を押し殺している俺のことを心配してくれている。

「どうかご無事に戻ってきてください。アルディア殿と話したいこと……まだまだ沢山あるんですから」

「はい。この戦いに勝てたら、気が済むまで積もる話をしましょう」

「……約束、ですよ」

リツィアレイテの手が離れる。

彼女の視線を感じながら、俺はヴァルトルーネ皇女の待つ森林の方へと駆け出す。

彼女のお陰で気持ちが完全に切り替えられた。

ここから先は——目の前の敵を殲滅することだけに集中するとしよう。

専属騎士としての俺が持ちうる存在意義……それはきっと、ヴァルトルーネ皇女をこの剣で守り抜くこと。

争いの中で仲間を失うことを恐れていてはキリがない。

「……未熟なままじゃダメだな」

下を向くのは何もかもを失った後でいい。

今はまだ残された大事なものが壊されないように最善を尽くす、それだけでいい。

幕間一　聖女の宿命

――あの日のことは今でも忘れられない。

スヴェル様が私に告げた「[redacted]してくださいね」という命令のこと。

『スヴェル様ッ！　どうかお考え直しを……私にはそのようなことできません！』

これまで立派な聖女として、スヴェル様の声を聞き続け、その言葉に忠実だった私だが、あの日初めてスヴェル様の言葉に反論をした。

『これは聖女である貴女《あなた》にしか頼めない。選定者たちを[redacted]、瘴気《しょうき》に汚染された[redacted]るのです』

あの日、スヴェル様が私に命じたことは、これまで積み重ねてきた自身の信念に反するものだった。

しかしスヴェル様は言うのだ――これが私に残す最期の言葉であると。

『レシア。私はこれから[redacted]、歪《ゆが》んだ歴史を[redacted]します。その代償に私は無事ではいられないでしょう』

『――っ！』

『貴女は[redacted]選定者を排除する[redacted]、隙を見て[redacted]を討ちなさい。そうすれば、間違った歴史を修正できるでしょう』

スヴェル様の言葉に頷《うなず》くことは中々できなかった。

『レシア……』

『私に[redacted]と、そうおっしゃるのですか？』

『そうです。貴女が[redacted]ければ、もう二度と[redacted]はありません』

私は悩んだ。スヴェル様の言葉を受け入れるか、それとも他の道を模索するように別の提案をするか。しかし今の私には[redacted]ための策が思いつかなかった。

『どうしても……どうしても私は[redacted]なければならないのですか？』

『それが歪んだ歴史を元に戻せる唯一の方法なのです。瘴気に飲まれた[redacted]いたら、歴史は誤ったまま進んで行きます』

『……分かりました。全てはスヴェル様の御心《みこころ》のままに』

『ありがとうレシア。必ず[redacted]してくださいね』

私は[redacted]を無くしたかった。

そうでなければ、私はきっと自分を見失ってしまう。

私は主神に絶対の信仰を捧《ささ》げる聖女。

そんな私でも、スヴェル様の[redacted]という命令に従うことへの抵抗は大きいままだ。

——だから私は、命令を聞く代わりに、一つの願いを申し出た。

『……スヴェル様どうか[redacted]ください。そうすれば必ず、スヴェル様の悲願を果たすことができると思います』

『……分かりました。願いを聞き入れましょう』

スヴェル様は一瞬迷ったような顔をしたが、私の願いを聞き入れ、[redacted]くれた。

私がこれ以上迷わないように、[redacted]ように。

『さてそろそろ時間ですね。私は[redacted]ために[redacted]ます。世界の命運は貴女に託しましたよ』

終末の時、スヴェル様はそんな言葉を私に残した。

『お任せください』

[redacted]った私は、スヴェル様からの言葉を素直に受け止められた。

私が立ち止まることはもうない。

あるのは主神の命令に忠実な信仰深き一人の聖女の暗躍だ。

私は、歴史の改変を防ぐべく、使命の遂行をこの身に誓った。

誰の記憶にも記録にも残らない私だけの大事な使命。

『……さあ。始めましょうか。世直しを』

私は時を遡り、世界を破滅へと導く脅威の排除に動き出した。

スヴェル様は大いなる使命と共に、強大な神獣の力を私に託してくれた。

『この力があればきっと――』

終わることのない戦乱の歴史。

スヴェル様の願い通り、私は正しい歴史を取り戻すために[redacted]を討ち果たす。

「レシア様。王国軍が帝国軍と接敵しました。ディルスト地方の攻略を本格的に始めたようです」

教団兵の一人が、王国軍の動きについての報告を行う。

過去の思い出に浸っていた私は、顔を上げて、すぐに気持ちを切り替える。

「そう……なら計画通り。両軍が潰し合い、疲弊したところで、私たちも侵攻を始めましょうか」

「はっ！」

「ふふっ。帝国の選定者たちがどれほどやれるのか……私が直接見てあげましょう」

過去の記憶を持っているからと、なんでも思い通りになると思っているのなら、その勘違いを正してあげなければ。

繰り返す歴史の残酷さを、そして運命を覆そうとすることの無謀さを、彼らは知っておかなければならない。

「司祭」

「はい。なんでしょうか」

「貴方《あなた》に神獣を一体託します。もしも急な接敵があり、自分たちではどうしようもなくなった場合のみ、その子を使って邪魔者を排除なさい」

私は白蛇を横に立つ司祭の元へと寄越《よこ》す。

「よ、よろしいのですか？」

「ええ。くれぐれも怪我《けが》をさせないように、ね」

「承知しました」

神獣を傍らに従え、ご機嫌な司祭を横目に、深く息を吐く。

――これで、準備は完璧に整ったわ。

「……少しずつ軍を進めます。ディルスト地方国境付近の密林へ進軍開始です」

一糸乱れぬ綺麗《きれい》な隊列を組んだ教団軍は静かに動き出す。

「レシア様、我々の聖地を必ず奪還致しましょう」

聖地の奪還……そう。これは聖地の奪還だったわね。

「ええ。そうね」

作り笑いを浮かべ、私は黒蛇の背に乗り、前へと進む。

――さて。選定者としての本領というものを、私が直々に教えて差し上げましょう。

この戦いは、スヴェル様に命じられた私の使命そのものなのですから。

第二章　聖女レシアと神獣との闘い

1

背筋が凍るような嫌な気配が一瞬感じられた。

向かう先には教団軍が待ち構えている。

こちらの兵力は五百程度の比較的小規模なもの。それでも騎竜《キリュウ》や地形を利用した戦術を使えば、勝利も摑《つか》める……そう思っていたのだが。

「アル。大丈夫？」

こちらの顔色が変わるのをいち早く察したヴァルトルーネ皇女が俺の背に優しく手を添えてくれた。

「大丈夫です。ただ嫌な気配がしました」

「嫌な気配？」

「はい――もしかしたら、こちらが想定している以上に厄介な敵がいるかもしれません」

戦場では嫌な予感を覚える場面が度々ある。

そのうちの七、八割くらいは実際に問題に直面して、窮地に立たされてしまう場面もあった。

「スヴェル教団には謎も多い。気を引き締めて行きましょう」

「はい」

王国軍の騎士だった頃も、スヴェル教団とは交流がなかった。

大陸中で最も信者を多く抱える宗教団体――それがスヴェル教団。秘匿事項も多く、謎に包まれた組織であるため、こちらの想定していない動きをしてくる可能性が高い。

――教団が王国軍と連携を取ってこちらに攻めてくることを知っているとはいえ、油断はできないな。

周囲への目を光らせながら慎重に進んでいくと、けたたましい爆音と共に、大きな揺れが襲ってくる。

「これは……」

「魔道具ね。……王国軍との戦いで、特設新鋭軍側が仕掛けていたものを発動させたのでしょうね。こちらの作戦進行に問題はないから、気にせず進みましょう」

ディルスト地方の平野一帯には爆破系統の魔道具が至る所に仕掛けられている。

王国軍が特定の地点を通過した時点で、ペトラが魔術師たちに魔道具の爆破を指示しているのだ。

「向こうは大丈夫でしょうか」

そう兵の一人が呟《つぶや》いた。

特設新鋭軍は王国軍と熾烈《しれつ》な激戦を繰り広げている。

不安を抱えた兵たちを気遣うように、ヴァルトルーネ皇女は優しく告げる。

「魔道具が仕掛けてある限り、王国軍側も下手な進軍はできないはず……そう簡単に負けはしないわよ。そうよね？」

「はい」

彼女の言う通りだ。

元々数的不利を背負うことは分かっていた。

魔道具はその王国軍との膨大な戦力差を補うために用意したこちら側の切り札だ。

今の爆発音で、魔道具起爆の指示役であるペトラが生存していることも分かった。

魔道具を発動させられるのなら、王国軍とも互角に渡り合える。

だとすれば問題はこちら側だ。

戦力が足りないのは、教団との戦いを控える俺たちも同様。

「あちらがどうであれ、俺たちは目先の敵に集中しなければならない。油断は禁物だ。誰一人として欠けることは許さない。気を引き締めていくぞ」

「は、はいっ……！」

多少脅すと、兵士の一人は怯《おび》えたように背中をビクつかせ、すぐに前を向く。

特設新鋭軍は数倍の数の敵を相手にしているが、こちらもまた教団軍の七千という十倍以上の戦力差を背負いながら、戦わなくてはならない。

そしてこの教団戦における勝利の鍵は——諜報《ちょうほう》部隊からの情報だ。

「ふぅ……随分遅かったじゃないか。敵はもうすぐそこまで迫っているよ」

ディルスト地方の最前線で情報収集を行ってくれた諜報部隊。

その全体指揮を行っているのは、ダウナーな面持ちで紙煙草《たばこ》を吸い続けるドロテアだ。

俺たちの到着を待っていたかのように、彼女は部下数人を周囲に置きながら、倒木した幹の上に座って、こちらをジッと見つめていた。

「どう？　首尾は順調？」

「可もなく不可もなく……生憎《あいにく》うちの武闘派は全員出払っているからね。非戦闘員だけで敵陣を駆け回るのは骨が折れる仕事だよ」

「武闘派が出払っているのはどうして？」

「さあね。ファディがどうしても外せない用事があるみたいだからと言ってたんだ。詳しくはあの子に聞くんだね」

武闘派が出払っているというのは、恐らくファディが反皇女派貴族の掃討に向かっているからだろう。

俺からの指示だということをドロテアはサラッと誤魔化し、話題をすり替えるように俺たちが連れてきた兵たちを指差して、眉を顰《ひそ》めた。

「それで、こっちの戦力はそれで全部かい？」

「……ええ。総数は五百。騎竜兵が二十というところよ」

「これまた大胆な戦力配分だことで……敵の数は理解しているんだろうね？」

「教団が七千もの兵力を集めるとは思っていなかったけれど、当初の予定通りこの人数で教団兵を撃退するわ」

ドロテアとしてはこちらの戦力が少なくとも二、三千はあると思っていたのだろう。残念ながら特設新鋭軍にそこまで兵力を投入できるリソースは残っていない。

「王国軍が四万を超えているのです。教団軍に割ける兵力はこれで限界でした……」

特設新鋭軍の兵士の一人が俯《うつむ》きながら弁明する。

ドロテアは煙草を吸いながら、空を見上げて暫《しば》し動きを止めた。

「…………こっちの負担も大きくなりそうだね」

冷静さを欠くことなく、彼女は小首を軽く動かし周囲に潜んでいた部下たちを集める。

「ドロテア様」

「いかがされましたか？」

「いいかよく聞け。お前たちには悪いが、作戦の変更を行う。諜報部隊は当初戦闘への参加はしなくていいと言ったが、状況が変わった。リスクをあまり負わずに狩れそうな敵がいた場合、積極的に仕掛けろ。いいな？」

異論反論は受け付けないとばかりに、彼女は捲《まく》し立てるように告げた。

「それはつまり」

「こちらの戦力が少なくて、想定よりも厳しい戦いになりそうだってことさ。お前たちだって多少は戦えるはず。せっかく高い給料貰《もら》っているんだ。一度や二度、命を賭けるくらい構わないだろう？」

　いきなり死の危険に直面したら、尻込んでしまいそうなものだが、諜報部隊には新入りも多い。

「もちろんです！　全力で戦わせていただきます！」

「まあ、やるしかないよな！」

「どうせいつ死ぬか分からないような苦しい生活をしていたんだもの。まともな暮らしをさせて貰っている身としては、ここで頑張らないで、いつ頑張るんだって話か！」

　彼らの多くは貧民街の出身。

　波瀾万丈《はらんばんじょう》な生き様をしてきた分、危険な任務へ臨む気概を持つ者が多いようだ。

　彼らの返事を聞いてから、ドロテアはヴァルトルーネ皇女に向き直る。

「だそうだ。私たち諜報部隊は百。これで教団と戦う戦力は合計六百だね」

「ごめんなさいね。こちらの戦力が足りないせいで」

「気にするな。戦場に立つ以上、誰しも死ぬ覚悟くらいするものさ」

　──死ぬ覚悟、か。

「なら俺は、この場にいる勇敢な者たちを一人でも多く生かす覚悟を致します」

「アル……！」

　戦場で死を覚悟するのは皆同じ。

　そして同時に、生きて帰りたいと願うものだ。

俺の言葉に人一倍大袈裟《おおげさ》な反応を返したのはドロテアだった。

「……ははっ！　大きく出たじゃないか。専属騎士」

彼女は煙草を投げ捨て、訝《いぶか》しげに笑う。

そして俺の前までゆっくりと歩み寄り、地面に膝を突いた。

普段の適当に物事を受け流すような態度とは違う。

目の前で屈《かが》み、こちらを見上げるドロテアの顔は、死闘を繰り広げたあの雨の日と同じように真剣なものだった。

「その想《おも》い……最後まで忘れるんじゃないよ」

「俺はルーネ様の剣です。彼女にとって大事なものを守るのも、俺の責務の一つです」

「……そうかい」

小恥ずかしくなり、そう誤魔化すと彼女はサッと立ち上がり、そのまま教団軍がいるであろう森林の奥へと歩き出す。

「私らは先に行くよ。敵情視察は安心して任せてくれ」

彼女に従い、諜報部隊の者たちは瞬時に森林の中に散り、視認できなくなった。

そして、彼女は数歩前に歩いた後に視線だけをこちらに向け、

「……頼りにしているよ。勇敢な専属騎士アルディア——その言葉が偽りにならないよう、精々頑張るんだね」

そう言い残し、森林の暗闇に溶け込んだ。

ドロテアからの叱咤激励《しったげきれい》を受け、俺は俄然《がぜん》覚悟が定まった。

拳を強く握り締め、後方で待機し続ける兵に視線を向ける。

そこには誰一人として怖気付《おじけづ》いた者はおらず、闘志に満ちた兵ばかりだ。

「ルーネ様。この戦い必ず勝ちましょう」

彼女の悲願である皇位継承は、教団軍に打ち勝った先にある。

「ふふっ」

「え？」

「ごめんなさい。つい……なんだかこんなことばかりだと思って」

微笑《ほほえ》みを浮かべるヴァルトルーネ皇女は、俺の肩にソッと手を置くと、身体強化の魔術を掛けてくれた。

「前線の要は貴方《あなた》よ。私は貴方が皆を守ってくれると信じているわ」

「お任せください」

その期待に添えるような活躍をこの戦いでしてみせよう。

彼女が直々に掛けてくれたこの身体強化の魔術もまた、俺の背中を押してくれているようだった。

2

森林での戦いは常に移動を続けながら行う遊撃が基本だ。

軽装で動きやすい者が前線に立ち、魔術や弓矢を使う兵士が木々の隙間から敵を狙い撃つ。

「前方に敵多数確認！」

「殲滅《せんめつ》開始します！」

「こっちにも教団の旗が……！」

「全方位に警戒を！　前線の押し上げはアルを中心に正面から行いなさい！」

森林の奥へと向かうと、次第に教団兵の姿が増えてきた。

仲間を呼ばれる前に、俺たちは教団兵の殲滅を行う。

こちらは数が少ない分、ある程度の範囲内でお互いを守り合いながら戦うこととなった。

「……くっ！　こっちに援護を！」

「少し待ってくれ。今向かう！」

特設新鋭軍の兵たちは四方から現れる教団兵を警戒しながら、押し込まれている仲間を助けに向かう。

「はぁっ！」

「ぐぁぁぁぁっ……！」

幸いにも教団兵は王国軍の兵士と比べて、戦闘経験が浅い者が多いし、装備も有り合わせで揃《そろ》えたような貧相なものばかりだ。

「悪い。助かった」

「気にすんな。それより次は向かい側が厳しそうだ。援護に行くぞ」

「ああ！」

——今のところ、陣形が大きく崩壊するような事態には陥っていないな。

相手はそこまで統率の取れた一斉攻撃をしてこない。

気付いた者から個々でこちらに向かってくる分、順番に対処すれば問題なく迎撃可能だ。

「アルディア殿。正面の敵は殲滅しました。両サイドの援護に向かってもよろしいですか？」

「ああ。半数だけこちらに残り、他の者たちは付近に残った敵兵の排除に動いてくれ」

「「はっ！」」

兵たちがそれぞれ動き出したタイミングで、後方から魔術による支援を行ってくれていたヴァルトルーネ皇女が俺の背後に歩み寄る。

「今のところ順調に進めているわね」

「そうですね。ドロテアたちの諜報部隊が敵陣で暴れ回ってくれているお陰で、向こうはこちらに兵力を全力投入できていないようです」

最前線はドロテアたち諜報部隊が森中の木々を飛び移りながら、奇襲するような形で教団兵の注意を引いてくれている。

遊撃戦においては、こちらに軍配が上がっている。

俺たちは制圧範囲を拡大し続けた。

「ぐあっ……」

「ぎっ！」

素早く動いて、敵を倒して、増援が来る前に速やかな移動を行う。

「こちら側は完全に抑えました！」

「騎竜《キリュウ》兵の者たちが空中から索敵を行っておりますが、付近に敵影ゼロとのことです」

――行ける。

戦闘が一旦落ち着いたところで、ヴァルトルーネ皇女が部隊を集結させる。

「被害報告を」

「こちら死傷者が数名出ましたが、教団軍殲滅に支障ありません。逆に教団軍側は、咄嗟《とっさ》の対応が間に合っておらず、畳み掛ければ一気に押し返せそうであると、諜報《ちょうほう》部隊から報告が入っております」

――警戒すべき猛者との遭遇もなし。嫌な予感は杞憂《きゆう》だったか？

このまま進めば、少数戦力でも簡単に敵を追い返すことができる。

「アル……どう思う？」

しかしながら、ヴァルトルーネ皇女は好調な今も、険しい顔つきを変えていない。

少しの苦戦もなく突き進んでいる現状に違和感を抱いているのだろう。

俺も彼女と同様に、問題が起こらないことを逆に怪しく思っている。

「もしも俺が教団側の人間であれば……少数の敵に好き勝手させるような指令は出しません。相手が遊撃戦を仕掛けてきているのなら、数の暴力で一気に叩《たた》き潰すでしょう」

「私も同意見よ。向こうには私たちが少数だと確実にバレているはず……なのにこの統率の無さは何？」

相手が罠《わな》を張っている可能性は十分にある。

それこそ、特設新鋭軍が王国軍を魔道具によって翻弄しているように、向こうが何らかの仕掛けでこちらを一網打尽にしようと謀略を巡らせていることも考えなくてはならない。

「……あの一つ宜《よろ》しいですか？」

一人の兵が教団兵の死体を指差しながら、遠慮がちに告げる。

「どうしたの？」

「その……先程から相手をしている教団兵なのですが、明らかに戦闘訓練を積んでいない一般人のように思えてならないのです」

「一般人……」

彼の言葉通り、確かにあっさりと斬れる相手ばかりだ。

「……教団が七千という兵力を短期間で募って、帝国へ侵攻してくること自体が不自然だと思っていたわ。まさか信者を無理やり戦場に？」

「無理やりだとすれば逃げ出す者がいるはずです。彼らは全員、果敢に立ち向かって来ました」

戦闘員としては無力な信者が兵士として前線に立つのか？

命の危険を承知で帝国への侵略行為に加担するとなると、それなりの理由があるはずだ。

「そもそも教団が帝国に攻めて来た理由って何でしたっけ？」

「ディルスト地方にある聖地の奪還……かしらね」

「聖地、ですか……それはまた何処《どこ》にあるのでしょうね。このディルスト地方には神魔の宝珠が採掘される鉱山と農業地帯くらいしかないはずですけど」

彼らの侵攻理由はスヴェル教団にとっての聖地奪還――しかしこの地には、教団が指している聖地と思《おぼ》しき純麗なスポットは存在しない。

「……教団にとって、侵攻の理由はどうでもいいのよ」

戦力を集めるためにでっち上げた理由……恐らくそれが『スヴェル教団の聖地奪還』なのだろう。厚い信仰を捧《ささ》げている信者からすれば、帝国は不当に聖地を占拠する悪者に見えることだろう。

「有志の信者を募ったんでしょう。その証拠に彼らの武器は統一のない様々なものです」

まともな剣や盾を使う者は少なく、中には農具を振りかざしてくる者もいたそうだ。

「ということは……我々が相手にしているのは兵士ではなく、一般市民ということですか？」

「仮説が正しければそうなるわね」

「そんな……」

特設新鋭軍には正義感の強い者が多い。

他国とはいえ、市民を殺していることに罪悪感を覚えてしまうこともあるのだろう。

――高かった士気が揺らいだか。

戦意喪失とまではいかないものの、当初の勢いは完全に失われている。

「このまま戦いを続けるのですか……」

「おい何言ってんだよ。相手は故郷を脅かす侵略者だぞ？」

「けどさ。事情も知らない一般人を殺すのはちょっと……」

小さな綻びから、大きな崩壊を生むのがこの世の摂理だ。

「――迷うな。全員殺せ」

「「――っ！」」

兵たちに迷いが生まれかけた時――何処からともなく現れたドロテアが、活を入れるかの如《ごと》く大声で叫んだ。

「一般人だろうと、敵は敵だ。迷えばこちらが殺されるだけ……無駄な議論をするよりも、任務の遂行を優先しな！」

流石《さすが》は元裏組織のボス。

戦場の局面がよく見えている。

ここで躊躇《ちゅうちょ》する者が現れたら、間違いなくこちらの勝機は薄れる。

最後の一押しとばかりにヴァルトルーネ皇女が呼び掛ける。

「全員聞きなさい。この場で我々が敗れれば、彼らが矛先を向けるのは、帝国にいる皆の大事な人たちになるかもしれないわ。赤の他人と私たちが守るべき大切な人たち……どちらを優先するかは明白よね？」

二人の説得を聞き、兵たちの目から迷いが消えた。

「……作戦続行だ。全員配置に着け」

「「「はっ！」」」

——危ないところだった。

ここで意見が割れてしまうと、統率の維持が困難になっていた。

もしかすると、これら全てが教団側の狙いだったのかもしれない。

「総員構え！　敵はスヴェル教団。見つけ次第容赦なく全員殺せ！　捕虜などは取らない。今この時だけは、慈悲の心を全て捨てろ！」

号令と共に進軍は再開された。

迫り来るのは、戦闘未経験のスヴェル教の信者たち。

厳しい訓練を耐え抜き、情け容赦も捨てたこちらの兵士の前に、彼らは為《な》す術《すべ》なく次々に倒れてゆく。

舞い上がる血飛沫《ちしぶき》に足を竦《すく》ませる者もいたが、こちらの兵たちは容赦なく全員斬り伏せる。これは最早《もはや》戦争という生温《なまぬる》い言葉では表せるものじゃない。

　一方的で残酷な蹂躙《じゅうりん》だった。

「はぁっ！」

「ぐあっ……」

　骨ごと肉体を斬る感触。

　体幹すらままならない者たちは、いとも簡単によろけ、後方へと吹き飛ばされる。

「……進むぞ。この一件の首謀者を斬り殺す」

　俺を先頭に、兵たちは敵を斬り、道なき道を進む。

　緑で覆われていた森林は真っ赤な血と景色を歪《ゆが》める炎の熱気で包まれる。

　――敬虔《けいけん》な信徒を利用して、こんなことをさせる卑怯者《ひきょうもの》に鉄槌《てっつい》を下してやる。

「前進せよ！」

「「うぉぉぉぉぉっ!!」」

　勢いそのままに敵兵を薙《な》ぎ倒し続けた俺たちは、敵本軍の首元にまで迫っていた。

　そして、

「殿下ッ！　諜報部隊より報告です。森林の奥の川向かいに敵影多数あり、数は四千超え、重武装の騎兵と司祭服を着た者を多数目視したとのことです！」

　ついに敵軍の全貌が顕となった。

「……教団軍の主力部隊ね」

「司祭クラスの人間が多数いるのなら確定ですね。魔術による集中砲火にも注意しながら進みましょう。念のため魔術障壁を展開させせますか？」

「ええ。ここから先は、警戒すべき強敵揃《ぞろ》いだものね」

ヴァルトルーネ皇女の指示により、味方の魔術師たちは一斉に魔術障壁を周囲一帯に張り巡らせる。

――ついに教団との決戦か。

帝国が破滅する運命をこの一戦で打破する。

ヴァルトルーネ皇女率いる特設新鋭軍の勝利を願い、ここにいる全員が、死闘を覚悟して、ゆっくりと歩を進めるのだった。

3

スヴェル教団において司祭となれるのは全体の僅か一割程度。

彼らが持つ魔術の実力は王宮魔術師に近いものだ。

敵の本軍が近いとの報告を受けてから暫《しばら》く歩いているが、雑兵の襲撃はピタリと止まった。

その静けさが逆に緊張感を増大させる。

そして、不気味な沈黙を破ったのは、最前線で偵察を行っていた諜報部隊の者からの報告だった。

「緊急報告！　敵軍の中央に……修道服を着た女の姿あり！」

「「「──っ！」」」

スヴェル教団の信者だとして、修道女が戦場に赴くのは考えにくい。それも敵軍の中央にいるなんて……。

「ルーネ様、どう見ますか？」

「考えたくはないけれど、一番嫌な敵が現れたと想定するしかないわね」

「聖女……」

残酷にも、教団との戦いで最も警戒すべき相手が現れてしまったことを誰もが予感した。

「魔力量は神に匹敵し、多くの加護と特別な魔術を授かった神の使者──もし修道服の女が本物の聖女であるのなら、勝てるかどうかは正直なところ未知数です。どうされますか？」

俺はヴァルトルーネ皇女に尋ねる。

戦うにしても聖女の魔術に対して、有効な対策を立てなければ、全滅まで考えられる状況。兵力差以外にも不安要素が加えられたことは向かい風でしかない。

「……貴方《あなた》はどう思う？　修道女の正体をどう見ているの？」

「分かりません。前世でも俺は聖女と会ったことがありません。しかし森林に入った時にした悪寒の正体は──間違いなく強大な敵の出現を感じさせるもの。敵に聖女がいるのであれば、嫌な気配を感じたことへの説明がつきます」

ただの人間であれば力で押し切って殺すことができただろう。

魔術の扱いに秀でた司祭が複数人いようとも、強引に距離を詰めれば確実に仕留められる……そう考えていた。

だが聖女まで出てきたとなると話は変わってくる。

逆行する前の王国騎士だった頃、聖女にまつわる逸話をいくつか聞いたことがある。

「聖女は自身のみが使える特殊な魔術を巧みに使いこなし、魔術、物理共に攻撃が通らないほどに強力な加護を兼ね備えている、と聞いたことがあります」

そしてその戦闘力は公にされていないブラックボックスそのもの。

僅かな読み違えにより、致命傷を負うかもしれない危険な相手だ。

「正面から真っ向勝負を仕掛けるのは無謀かしら？」

「ルーネ様ほどの実力ある魔術師であれば、簡単に負けはしないと思います。ただ、他の者たちは話が別です」

「そうよね……」

「本来なら一気に叩き潰したいところですが、一旦様子見が必要かと」

弱腰かもしれないが、博打《ばくち》をして無駄な損害は出せない。

ただでさえこちらは兵の数が少なく、一部が崩壊すれば全員が道連れとなる極限状態に立たされているのだ。

慎重に動かなければ……彼女もそれを理解した上で、こちらの提案に同意した。

「分かったわ。それなら諜報《ちょうほう》部隊に軽く仕掛けてもらいましょう」

「偵察に出た騎竜《キリュウ》兵は如何《いかが》しますか？」

「一旦退かせて、こちらに合流させましょう。こちらも主戦力を集結させたいわ」

「承知しました。すぐに呼び戻すように指示を出します」

こうなると、最前線に出ている戦力は戦闘面でやや不安が残る諜報部隊のみ。

ドロテアには大きな負担を掛けてしまうことになるが、裏組織のボスとして培った経験と戦闘における駆け引きで、なんとか上手《うま》く立ち回ってもらうしかない。

「……指令を出しました。報告を待ちましょう」

敵軍は流れが激しい川の反対側に陣取っている。

濁流を無理やり突っ切ってくるとは考えにくく、こちら側も同条件だ。

お互い攻めにくい状況……初手の動きが後の戦況を大きく左右するだろう。

「どうなるかしらね？」

「相手が受けの姿勢であるのなら、そのまま膠着《こうちゃく》状態を引き延ばす方が良いかと。逆に攻めてくるのであれば、川を渡り切る前に陣形を破壊してしまいたいところです」

川の向かい側よりも、やや崖上から見下ろす形になるこちらの方が、立地的には有利を取れている。

攻め込むよりも待ちを優先した方が、兵たちも戦いやすい環境だ。

「どちらにせよ、諜報部隊からの報告を待つしかないのね」

暫《しば》しの待機……そう思っていたのだが、直後に傷だらけのドロテアが足を引きずりながら、目の前に姿を現した。

「……くっ」

「ドロテアッ！」

満身創痍《まんしんそうい》の彼女にヴァルトルーネ皇女が一番に駆け寄る。

幸いにも死に至るような重傷は負っていない。

「一体何があったの？」

ヴァルトルーネ皇女が尋ねると、彼女は荒い息を整えながら、話し出す。

「……全部見透かされていた。完璧に潜伏していたのに、あの女は的確にこちらを撃ち抜いてきた。あれは普通じゃないよ」

「あの女って」

「聖女のことさ……」

神から授かった特殊な能力の一つか。

ドロテア率いる諜報部隊の隠密性《おんみつせい》は他国の諜報員と比較しても、引けを取らないほど優秀だ。それこそ森に隠れた彼らを見つけ出すことは、俺にはできないことだった。

「一瞬だ。バレないように接近していたはずなのに、特定の距離まで近付くと急に目が合った」

「聖女の前ではありとあらゆる偽装が通用しないということ？」

「いや……私より接近した部下の中には、バレていない者もいた。あの異常なまでの察知能力には、何かカラクリがあるはずだ」

ドロテアは確信を持ってそう告げる。

そして『まあ、私はもう確かめに戻るのは無理そうだがね』と力なくため息を吐《つ》いた。

「誰か、ドロテアの止血を急いで」

「すまないね。役に立てず……」

「いいえ。貴女《あなた》が率先して前に出てくれたお陰で、私たちは安全に進行できた。後のことは私たちに任せてちょうだい」

ヴァルトルーネ皇女は血だらけのドロテアを女性騎竜兵に預ける。

「彼女を作戦本部までお願い」

「はいっ！」

ぐったりと項垂《うなだ》れるドロテアは他の負傷した諜報員と共に騎竜兵に運ばれて離脱した。

離脱組を見送った後、ヴァルトルーネ皇女は頭を抱えながら、深いため息を吐く。

「さて……ここからどうしましょうか」

「一筋縄じゃいかないらしいですね。残存戦力はここにいる者たちで全てです」

教団に接近する間も無く、多くの諜報員が聖女の魔術に撃ち抜かれた。

前線に出ていた諜報部隊は壊滅したという。

「接近戦は厳しそうだわ。かと言って、聖女の放つ魔術の射程距離が常軌を逸しているから、遠距離での撃ち合いも分が悪いわね」

——おまけに聖女の察知能力が高いことのカラクリも暴けていない、と。

「こちらの諜報部隊は多くが失われて、敵がどう動いてくるかも摑《つか》めません」

賢い選択をするならば、態勢を立て直すために作戦本部まで退くことが正解だ。しかしその選択を取った時、俺たちは教団の更なる侵攻を許すことになってしまう。

「……ルーネ様」

「殿下、どうかご指示を」

「どうなさいますか？」

兵たちは次の命令を待っている。

ここで決断を下すのは、ヴァルトルーネ皇女にとって非常に苦しいことだろう。

退くも地獄、進むも地獄。

沈黙の時間だけが過ぎ去り、次第に彼女の抱く不安が兵たちへと伝染する。

「……総員、よく聞きなさい」

考え抜いた末、ヴァルトルーネ皇女は真剣な面持ちで口を開いた。

そして悲しそうな声音で告げる。

「これより私たちは教団軍と真っ向からの対決に臨みます。この戦いでは、きっと多くの者が犠牲になり、勝てるかどうかも未知数です……それでも最後まで、私と共に駆け抜けてくれますか？」

彼女が下した決断は教団との戦いに進むことだった。

諜報部隊が一瞬で壊滅に追い込まれ、あのドロテアでさえ手も足も出なかったレベルの相手。

この場にいる兵たちが束になっても敵《かな》わなそうな強大な力を持つ敵だ。

だが間違いなく、この戦いが帝国滅亡の未来を覆すための重要な転換点となるだろう。

「ルーネ様……俺は貴女の専属騎士、どんな決断を下したとしても貴女に従います」

「アル……」

聖女の強大な力を前に、逃げ出すのは簡単だ。もしかしたら、逃亡こそがこの場における最適解なのかもしれない。

しかし逃げ続けた先にあるのは何だろう。

脅威を排除できず、大事なものを失う悲しみか。

それとも一歩踏み出さなかったことによる後悔か。

どちらにしても最善の未来は手にできないと思う。

「しかしここまで来たら進むしかありません。そもそも我々は何故《なぜ》戦っているのでしょうか？　暮らしを守るためですか。それとも名誉のためですか。なんでもいい……この国を守るために戦う価値があると判断したから、皆さんはこの戦場に立っている。そうではありませんか？」

武器を取って、ここで命を賭けて戦おうと決めた理由を兵たちに問う。

この質問に対して、彼らは考え込むことなくすぐに答えた。

「……僕には守りたいものがある。だからここで戦っている」

「帝都に妻がいる。息子も来月三歳になる。帝都にヤツらを侵攻させるわけにはいかない！」

「俺は立派な兵士になって、この国の平和を守りたい！」

「私は父や母に楽をさせてあげたい……恩返しがしたいんです」

「特設新鋭軍に入ったお陰で、暮らしに余裕ができました。私は最後の時まで、ここにいる皆と戦いたいわ！」

理由は違えど、彼らには明確な戦う目的があった。

「なら答えは簡単だ。国を守るべく武器を取った勇敢なる英雄たちよ。今こそ侵略者共を討つ時だ！」

聖女との戦いに勝つ方法はまだ見つけていない。

それでも挑むしかないのだ。

「殿下……進みましょう！　我々は勝たなくてはなりません！」

「同期のやつらも王国軍と命懸けで戦っている。ここで俺らだけ逃げ出したら、恥ずかしくて顔も合わせられなくなる。俺は戦うぞ！」

「敵が多いのは最初から分かりきっていた。今はそこに聖女が加わったってだけだろ！

そんなんじゃ逃げる理由にはならねぇな！」

「負けることは考えません。私たちは絶対に勝つんです！」

「まぁ、ここで引いたら男じゃねぇし。全員ぶった斬って、さっさと帰んぞ！」

彼らの覚悟は決まったようだ。

「そう……聖女に立ち向かう覚悟ができているのね」

もちろん覚悟だけ決めていればいいというわけではない。

「殿下、聖女の魔術は非常に強力ですが、対処法がないわけではありません。我々魔術師が高密度の魔術障壁を展開します。従来の魔術障壁と違い、長く展開することは困難ですが、教団軍の前衛部隊とぶつかるくらいまでは持続できるかと」

「なるほど。そこからは肉弾戦になる感じね」

「接近さえしてしまえば、味方への誤射を恐れて、無闇に魔術は放てないはず……」

「分かりました。聖女の魔術がこちらに届く直前から、魔術障壁の展開をお願いします」

魔術師たちは一斉に魔術障壁の構築を開始する。

ヴァルトルーネ皇女は軍の先頭に立ち、兵たちに命じる。

「私たちは自らの手で運命を切り拓《ひら》く。この戦いに必ず勝ちなさい。さあ行くわよ！」

皇女の指示が下り、軍は再び進行を開始する。

聖女率いるスヴェル教団軍との決戦に向けて、全面対決を仕掛けるために——。

4

——やっと動き出した。

運命の悪戯《いたずら》に弄ばれた英雄たちは、こちらに向けて全戦力を投入してきた。

手を背中で組み、私の横に立つ司祭に私は告げる。

「帝国軍が動き出したわ。戦いの用意を」

「すぐに指示を出します」

司祭がその場を離れ、各指揮官に情報共有を行う。

私はその場で座しながら、前方をジッと見つめた。

「匂うわ。選定者に纏《まと》う瘴気《しょうき》の濃い香りが……」

周辺に漂う悪素を手で軽く払いながら、私は軽く魔術を放つ。前方から無防備に迫る帝国軍に対して、警告の意味を込めた一撃。

火花を散らした青い電撃は、木々を貫きながら一直線に敵軍の前へと駆け抜ける。

「——っ。外した？　いや違う」

遥《はる》か遠くの森林で、真っ白な煙と共に大きな雷撃音が響いた。放った魔術は確実に命中している。

ただ迫り来る帝国軍に被害は無さそうだった。

——凡人の魔術障壁如《ごと》きに、私の魔術が弾《はじ》かれた？

た。

指示を出し終え、こちらへ戻ってきた司祭に声を掛けると、彼は不思議そうに首を傾《かし》げた。

「少し顔色が悪いようですが……如何《いかが》致しましたか？」

彼は気付いていない。

迫り来る少数の敵兵の中に、私と張り合えるだけの化け物が潜んでいることに。

「警戒なさい。敵は強大よ」

「何をおっしゃっているのですか。我々よりも遥かに少数で、先程来た敵の密偵はレシア様が皆返り討ちにしたではありませんか」

「あれは見えていただけよ……今度の敵はそう甘くはない。油断すれば貴方《あなた》はすぐに死ぬでしょうね」

「なっ！」

面食らったような司祭の無様な顔から視線を逸《そ》らし、大きな息を漏らす。

――そう。私には魔力の流れが見える。

先程もそうだし、今も見えている。

強大な魔力を宿した者が迫ってきている。しかもその魔力量は徐々に増加し、いつか私を超えてしまいそうなくらいだ。

「あれもまた選定者ね。でもこちらからは瘴気の香りをあまり感じない……何故かしら？」

「司祭。ちょっと」

強い瘴気を宿した選定者とそうでない選定者。

どちらも『心に宿した強い感情』によって、膨大な力を得ている。

「瘴気に包まれた方は……凄《すご》く強い。戦う力かしら？　逆に豊富な魔力を秘めている者は、あまり瘴気の影響を受けていない。にもかかわらず、ここまで力を引き出せている……この差は何？」

私が想定していた選定者は前者の方。

己が抱いた強い感情を瘴気の力を借りて、爆発的に増大させる。

逆に後者の持つ力の正体が私には理解が及ばないものだ。

考え思考を巡らし、多くの仮説を立てて、無駄な可能性を排除する。

絞りに絞った先に残る一つの仮説。

「……両者の抱いた感情が別物だったから？」

私は真実に近い仮説を得た。

けれども仮説は所詮仮説——答えを知るためには、実際にこの目で見なければ分からない。

「司祭。私は前線に向かうわ」

立ち上がり、地中から黒蛇を呼び出すと、司祭は戸惑う。

「どうしてですか。レシア様が前線に出なくとも、あの少数で我々を倒し切ることなどできるはずがありませんよ？」

「本当にそうかしら？」

直後に前線から吹き飛んだであろう教団兵の肉片が司祭の顔横を通過した。

木に衝突して鈍い音を立てて肉片は地面に落ちる。

司祭は驚き固まってしまった。

「これを見てもまだ、私が前線に立つ必要がないと言えるのかしら？」

――彼らは本当に考えが甘いわ。

頭数さえ揃《そろ》えれば勝てるなんてことはない。

強者の前に弱者を束にして置いたとしても、それは藁《わら》でできた壁の如く、いとも簡単に破壊される。

「もう一度言うわ。私は前線に立つ。それで構わないわよね？」

「……はっ、はい！」

教団軍の頼りなさを自覚したようで、司祭は急ぎ私が授けた白蛇を呼び出す。

どうやら司祭も前線に向かうらしい。

「あら貴方も来るの？」

「もちろんです。レシア様だけの手を煩わせるわけには行きませんから」

――調子のいいことを言うのね。

本当は私が負けて、教団軍全体の士気が低下し、前線が崩壊することを懸念しているからでしょう。私という教団の求心力が欠けた時、教団は組織として砕け散る。

「……ふふっ。本当に分かりやすい人たち」

微《かす》かな声でつぶやいた言葉は、隣を歩く司祭の耳には届かなかった。

聖女である私を囲い込み、利用して、教団はアレの力を手に入れようとしている。けれど……計画が問題なく進むということは現状考えにくい。

浅はかな者たちが、この後どんな末路を辿《たど》るのか。

私には関係のないことだけど、ほんの少しだけ……楽しみね。

5

特設新鋭軍の魔術師たちが総力を結集させて張り巡らした魔術障壁は、超遠距離からの狙い澄ました魔術攻撃を何度も弾いていた。

何重にも重ねた魔術障壁は広く展開することができないという欠点があるが、幸いにも魔術は進軍を行う我々の中央にのみ飛んでくる。

「次、飛んできました！」

一人がそう叫ぶと、魔術師たちは魔術障壁へ流す魔力量を増大させる。

「くっ！」

「また重いわ……」

「死ぬ気で耐えるぞッ！」

飛んでくる魔術の属性は様々。

速度重視の高出力電撃や広範囲に火の粉が広がる巨大火球。

脆《もろ》い代わりに砕けた破片から凄《すさ》まじい冷気を発する氷槍《ひょうそう》。

木々を押し倒すほどの暴風弾に、聖職者が好んで使う真っ白な光を放つ聖柱。

「……はぁ。なんとかなったか」

こちらの魔術師たちの魔力を確実に消耗させる強力で多彩な魔術。

聖女は容赦なく強力な魔術を放ち続けてきた。

「魔術なら聖女はなんでも使えるのかよ……」

「火力以前に、全て同等の威力を担保できていることが驚きです」

魔術師なら得意不得意というものがあるはずだが、どうやら聖女にその理論は通用しないらしい。

彼女はありとあらゆる攻撃を遜色なく放つことができる。無尽蔵の魔力量も相まって、その脅威は一軍に匹敵するほど高いものだった。

魔術師たちの疲弊した様子を察し、俺はヴァルトルーネ皇女を見る。

「ルーネ様。魔術師たちの消耗が激しいようですが」

「分かっているわ。でも途中休憩は取らせてあげられない。聖女の魔術は止めどなく放たれるし、もうすぐ教団の前衛部隊と接敵してしまうわ」

恐らく教団の兵士たちとぶつかり合う頃には、魔術師たちは魔力をほとんど使い果たしていることだろう。ということは、前衛を張る兵士たちがどこまで敵兵を押し込めるかに、勝負が掛かっている。

「そろそろ茂みが途切れるぞ」

川のせせらぎが聞こえると共に、木々の隙間から見えてくるのは、教団のシンボルが印字された無数の大旗。

森林の茂みを抜ければ、そこには川を挟んで敵軍と対峙《たいじ》する構図が生まれる。

――聖女の魔術攻撃も落ち着いた。攻め時だな。

ヴァルトルーネ皇女と視線が合う。

彼女もここが突撃する瞬間だと判断したのだろう。

「ルーネ様」

「ええ。全軍、突貫せよ！」

号令により、魔術障壁の後ろにいた兵たちは、全力で走り出す。

俺は彼らを率いて、先頭を進んだ。

「敵発見！」

「迎撃せよ！」

茂みを抜けると、すぐに教団はこちらの存在に勘付き、弓矢と魔術が豪雨のように降り注ぐ。

「ぐあっ！」

「ぎゃぁっ！」

敵の波状攻撃に無情にも仲間の多くは倒れてゆく。

想定よりも敵の攻撃が激しい。

「怯《ひる》むな！　進み続けろ！」

それでも俺たちには撤退という選択肢はとっくになくなっている。全滅か、それとも勝利か。

両極端な結末を前に、俺たちは一縷《いちる》の希望に賭けて、勝利を目指して死地へと踏み出す。

「彼らを失えば、私たちに勝ち目はありません！　援護射撃開始！」

後方からの援護により、こちらへの攻撃がやや弱まる。

先頭を走っていた者たちは、やっとの思いで、川の前まで辿り着いた。

兵たちは川辺に転がっている大岩や僅かな窪《くぼ》みに身を隠し、次の行動指示を待つ。

「アルディア殿。敵の攻勢が全く緩みません。我々はどうすれば……」

目の前には流れの激しい川。

ここを渡り切るには、今より敵の注意を逸らしてもらわなければならない。

だが後方から魔術や矢を放つ後方支援の者たちは、教団軍との撃ち合いで人数を大きく減らした。

この川に辿り着くまでに、前衛部隊も多くが命を失った。

進むためにはさらに犠牲が必要となるが、もう差し出せるものはない。

あるとしたら……そうか。

「ここで耐え忍んでも長くは持たないな……ここは俺が先頭を進み、ヤツらの注意を引く」

「何を……!? お待ちください。いくらアルディア殿でも、あの数の敵から集中的に狙われてしまえば、ただでは済みません！」

「それくらい分かっている……だが、他に手段がない」

「その選択を殿下がお許しになるとは思いません。どうかお考え直しを」

——確かに、ルーネ様なら俺を止めるだろうな。

彼女は優しいから、万策が尽きて、教団に負けるとしても、俺を犠牲に勝ちを拾おうとはしないのかもしれない。

けれど、それではダメなのだ。

彼女の進む未来に雲一つ残すことを俺は許容できない。

「……このまま状況が変わらなければ、俺が最初にここから出ていく」

岩陰でやり過ごすのも無限にはできない。

兵たちを無駄死にさせないためにも、劣勢を覆す大きな一手が必要なのだ。

胸に手を置き、焦る気持ちを落ち着かせる。

——一瞬でいい。相手に隙ができれば、俺は一気に前へと出られるのに。

活路を見いだせないままでいると、強風が肌を撫《な》でた。

遥《はる》か上空――日の光と重なった大きな物体が、地面を真っ暗に染める。

漆黒の両翼を大きく広げ唸《うな》る騎竜《キリユウ》が遥か上空で滞空している。

加えてもう一つ、騎竜の背に跨《また》がる人影が二つあった。一人は騎竜を制御する騎竜兵、もう一人は――。

「……まあ。活躍の場面があまりなかったからね。ただ離脱するのも惜しいと思わないか？」

――あの声は、まさか。

ここにいるのが当然であるかのように喋《しゃべ》り、不敵な笑みを浮かべたのは、大怪我《おおけが》を負い、戦線から離脱したはずだったドロテアだ。

「川が行く手を阻み進めない。敵の数が多く、斉射を喰《く》らえば蜂の巣になってしまう……ははっ！　これはもう、私の出番じゃないか！」

彼女は全身の至る所に包帯を巻き、万全の状態じゃないはず……一体何をする気だ？

空を舞う騎竜に、大仰な発言をするドロテア。敵の注意は一気に上へと向いた。

「あの騎竜を撃ち落とせ！」

たちまち魔術と弓矢がドロテアの乗る騎竜に襲い掛かる。

だが、その攻撃の全ては彼女の魔術障壁の前では無力そのもの。

「ふふっ。その程度のバカみたいな攻撃で、この私が貫けると？　ははっ！　滑稽の極みだよ！」

——言っていることがまるで悪役のようだ。

しかしドロテアの登場はこちらにとって嬉《うれ》しい誤算だ。

見たところ傷の多くは完治しておらず、戦闘は厳しいかもしれないが、あの余裕たっぷりな表情……何か仕掛ける時の顔だ。

「総員、前進の準備をせよ。ドロテアがこの状況を打開してくれそうだ」

指示を出すと、彼らは頷《うなず》きすぐに動き出せる格好になる。

皆がドロテアの次の動向に注目する中、彼女は手を大きく空に掲げ、そして叫ぶ！

「よく聞け。教団の愚か者共！　我が名はドロテア、帝国随一の魔術の使い手さ。ふふっ、さっきはよくもこの私に恥をかかせてくれたな……私に屈辱を味わわせたこと、あの世で後悔するんだね！」

雲一つない晴天が、次第に分厚い雨雲に覆われる。

そして雲は急激に高度を下げ、教団軍の中心に降り注いだ。

「雲が……！」

「何も、見えない！」

雲は霧よりも深く、その場に留《とど》まり続ける。

そしてドロテアは仕上げとばかりに、一緒に騎竜に跨る騎竜兵の女性に指示を出す。

「よし、小娘よ。あの烏合《うごう》の愚か者共に体当たりするんだ！」

突然のとんでもない指示。

彼女は当然、驚きの表情を浮かべる。

「えっ、えっ!?　それ私に言ってますか!?」

「他に誰がいるんだい？　ほら、地上部隊の活路を切り拓《ひら》くためだ。覚悟決めな！」

「で……でも、騎竜一頭じゃすぐに落とされちゃいますよぉ！」

「何を馬鹿なことを……騎竜に装備させたそのフルプレートは飾りか。何もずっと地上に居座れってわけじゃない。降下して奴《やつ》らを踏み潰して、上昇して、また踏み潰す。敵陣を軽く乱せれば、それでいいんだよ！」

と、別に難しくもないだろう的な風に言っているが、騎竜をそんなに上下に動かし続けるのは、操り手の技量も相当必要なことだろう。

そんな騎竜兵の事情はお構いなしに、彼女は地上を指差して催促を継続する。

「ほら行きな行きな！　アンタなら大丈夫さ！」

「うぅ……」

——なんだか少し騎竜兵の女の子が気の毒に見えてきた。

半泣きのような情けない声。

気持ちはよく分かる。これは命懸けの半特攻に等しい。

しかしドロテアの策が上手《うま》くいけば、こちらも乱れた敵陣を一気に突き抜けられる。

——普段なら止めるように叫ぶが、今回は状況も状況だ。悪いが思い切って、突っ込んでくれ！

「さあ、行くよ！」

「ひゃっ、分かりました……どうなっても知りませんからね!?」

ドロテアの指示により、騎竜は垂直に降下を始める。

雲に覆われた教団側は、空から降る騎竜の脅威に気付いてすらいないだろう。

「……総員、あの騎竜が地上に到達したタイミングで、一気に川を渡る。あの騎竜から目を離すなよ！」

「「「はっ！」」」

突撃のタイミングは一頭の騎竜と一人の騎竜兵に委ねられた。

俺たちはまだ終わっていない。

ここから俺たちの反撃が始まる。

6

騎竜は命懸けの急降下を行った。

これは成功、失敗に関わらず、俺たち地上部隊を前進させるきっかけとなる。

「ぎょぁぁぁぁ……!?　ふぎぎぃ！」

地上に降り注ぐ、一本の槍《やり》であるかのように騎竜は減速をしないまま地上へと落下する。

「アルディア殿……あれは、大丈夫なのでしょうか？」

「結末はどうであれ、俺たちの動きは変わらない……だが、少しだけ不憫《ふびん》に思うな」

「……致し方ありませんか」

「ああ。致し方ない」

まあ最悪、一緒に乗っているドロテアがなんとかするだろう。

彼女は魔術師として非常に優秀だ。

あの速度で降下する騎竜に乗っていても、焦る様子もない。

それどころか……。

「ははっ！　随分とアグレッシブな落ち方じゃないか！」

「ぶ、ブレーキが利いてないだけですぅ！」

泣きべそをかく騎竜兵の女性と違い、楽しげに腹を抱えて笑っていた。

……とんでもない胆力だ。

「アル！　少しだけ進行を待って！」

そしてヴァルトルーネ皇女が、長く力を溜《た》めた後に、大規模な魔術を放つ。

その魔術は地を伝って、川を覆い隠してゆく。青い澄んだ水は、真っ白で硬質な氷へと変化して、両軍を分断していた川は瞬く間に消滅した。

「これで進行速度も落とさないわね」

「ありがとうございます。ルーネ様」

敵は未《いま》だに、深く濃い雲に視界を奪われている。

そこに騎竜が空から降ってくるというとんでもない展開。

「ぐぁぁっ……！」

「てっ、敵襲ッ！」

「くそ。真っ白で何も見えない！」

騎竜の着地音は森林全体に響き渡るほど大きく、鉄屑《てつくず》を轢《ひ》き潰すような甲高い音も同時に聞こえてくる。

「ははっ！　最高のプレスだね！」

「ひ、他人事《ひとごと》だと思ってぇ！」

敵を蹂躙《じゆうりん》し、攪乱《かくらん》し、楽しそうに笑うドロテアの声。追随して、騎竜兵の若干キレたような掠《かす》れ声《ごえ》が響き渡る。

敵兵の阿鼻叫喚《あびきようかん》を暫《しばら》く聞いてから、俺は手を前方へと振り下ろし、氷上へと踏み出した。

「よし、突撃だ！」

「「うおぉぉぉっ！」」

ドロテアと騎竜兵の子が命懸けで作ってくれた攻勢の機会。

無駄にするわけにはいかない。

滑る氷上で、転ばないように注意しつつ、着々と進んでゆく。

真っ白な雲に覆われた空間に入り込めば、錯乱した教団兵の姿が見えてくる。

「はぁっ！」

前方に味方はいない。思い切り剣を振り抜くと、手応えが複数あった。

「ぐっ！」

「えぎっ……」

重量を感じながら、俺はそのまま振り抜き、多くの血を浴びながらも更に前へと進んでゆく。

相手はまだ、こちらが川を越えてきたことに気付いていない……というよりも、

「くそ、何が起こってんだ!?」

「騎竜の鳴き声がしやがる……上だ。上に気を付けろ！」

相変わらず、一頭の騎竜に翻弄されていた。

お陰で敵の魔術師や弓士は機能しておらず、簡単に接近することができた。

――後は全員斬り殺していくだけだな。

「ははっ、よくやった小娘。もうそろそろ十分だ。私らはずらがるよ！」

「い、言われなくても逃げますよぉ！」

こちらが敵軍と衝突できたのを確認して、ドロテアは教団軍の中心部分から完全に切り上げる。

そして捨てゼリフに一言。

「……勇敢なる同志たちよ。これは貸しひとつだ。美味《うま》い酒か、共和国製の高級葉巻を期待しているよ」

図々《ずうずう》しい言葉を残し、颯爽《さっそう》と後方に下がったのだった。

「落ち着いて、目の前の敵を倒せ。相手は統率を失っている。確実に一人一人だ！」

攻撃目標の定まらない敵兵たちは、どこに対して攻撃を仕掛けて良いか分からず、そのまま棒立ちする姿が目立っている。

対してこちら側は深い雲の中でも、互いの姿が確認できる位置取りを徹底し、味方への誤爆を無くしつつ、敵を殲滅《せんめつ》していく。

「魔術発動用意……放てっ！」

後方からはヴァルトルーネ皇女が教団軍に向けて、魔術の一斉射撃を行ってくれている。

爆散する敵陣に斬り込む兵士たち。

徐々に前線を押し上げ、敵を次々に撃破してゆく。

数の不利など関係ないかのように、こちらの兵たちは大した犠牲を出すことなく、一方的に攻勢をかけ、無常なまでに敵陣内で暴れ回る。

「先に行ってる。お前たちはゆっくりと前線を上げろ」

俺はただ一人、教団の敵陣の奥へ奥へと進み、無作為に剣を振り回す。

敵サイドの味方へ攻撃を当てるわけにはいかないという心理の隙を突き、敵兵たちのど真ん中に滑り込んで、周囲の敵兵を狩り殺す。

「ぐぁ……」

「ひぎっ！」

剣の柄《つか》には刃先から流れた真っ赤な血が溜まる。

足下に転がる多くの死体……付近の敵を一掃したことを確認して、俺は次の敵集団を探して、駆け出す。

「はぁっ……！」

走り続け、すれ違い様に首を刈り取る。

雑兵に構っている暇はない。

狙うは聖女の首ただ一つ。

聖女さえ倒してしまえば、教団は勝手に潰《つい》えていく。

「――っ！」

ひたすらに敵兵を捌《さば》き、周囲を隈《くま》なく捜索する。

味方の兵士は誰一人として近くにいない。

どこを見ても、敵兵、敵兵、敵兵……だが、聖女だけはどこにも見当たらない。

「もっと奥深くか……くそ」

敵軍の層が厚過ぎる。

斬って、蹴り飛ばして、撲殺して、踏み潰して、怯《おび》えた兵士をまた殺して。

騒がしく喚《わめ》く敵兵たちを一本の黒い剣でひたすらに殺して回る。

「どこだ!?」

焦りが募る。

今仲間はどれほど残っている?

敵はどれほど減っている?

深い雲に覆われた視界の悪い戦地では、全ての情報が取得不可能だ。

「……ふふっ。そんなに焦って。どうしたのかしら?」

「――っ!」

反響するように四方から聞こえる女の声。

喉に刃物の先端を突き付けられたかのような恐怖がのし掛かる。

「誰だ!?」

問いかけると、その声の主はさも楽しげに笑い声を上げた。

「……貴方《あなた》が運命に抗《あらが》う愚かな選定者なのかしら。ふふっ、だとすれば私にとってこれ以上嬉《うれ》しいことはない。会いたかったわ。愚かな帝国の英雄さん」

弄ぶように、声は耳元で囁《ささや》く。

剣を振り翳《かざ》し、その声の主を薙《な》ぎ払おうとするが、そこには誰もいない。

まるで白いもやに紛れる幻想のようだが、すぐ近くから感じられる強大な力の気配は、誤魔化しきれないほど色濃いものだ。

「ええ分かるわ。何もせずにただ破滅を待つのは嫌よね。……機会が与えられたのなら、やり直したいと誰もが願い、一縷《いちる》の希望に縋《すが》り付く」

今度は背後から声が聞こえ、すぐに振り向く。

そこにはキラキラと輝く金色の細かな粒子だけが残されていた。

「ふふっ。まるで毛を逆立てた野良猫みたいね」

「……何者だ？」

真っ白な空間で声だけが俺のことを認識している。

手の届く範囲に敵兵はおらず、殺気も感じない。

「……貴様が聖女か？」

「……貴方はどう思っているのかしら？」

俺の答えは決まっている。

軽く周囲に漂う白い雲を払って、俺は目を瞑《つぶ》る。

視覚はあてにならない。

俺は肌身に突き刺さる強大な気配だけに集中した。

「俺にとってお前が聖女であろうとなかろうと、どちらでもいい」

その声の主が誰であれ、ヴァルトルーネ皇女の行く手を阻む存在なのであれば、全て排除すべき敵に過ぎない。

敵意を素直に伝えると、彼女は嘲笑《あざわら》うかのように声のトーンを下げて告げた。

「ああ素敵ね……なら私に見せて。貴方が打ち勝てるはずのない運命に抗う滑稽な姿を。死に怯える哀れな最期を」

地を滑り、木々を圧《お》し潰す音が聞こえた。

巨大な何かが迫っている。

その正体を見破る前に、声は楽しげな息を零《こぼ》す。

「この子を倒せたら……私も貴方にちゃんとした姿を見せるとしましょう。健闘を祈るわ」

瞑っていた目を開くと、そこには金色に煌《きら》めく二つの大きな瞳が、こちらを覗《のぞ》き込んでいた。

「――何、だ」

真っ白な世界に同化する白い怪物。

剣を握る手には自然と力が籠った。

目の前に現れた得体の知れない存在……ただ一つ分かることは、それが『人』と定義付けられるものではないということだろう。

7

真っ白な巨大雲に覆われた戦地。

後方支援を行っているこちらからは状況が見えなくなっていた。

突撃のきっかけとなったドロテアの魔術は、敵から攻撃の機会を奪うと共に、私たち後衛部隊にも迂闊《うかつ》な進行ができない状況を作り出していた。

「……殿下。魔術の一斉射撃はしないのですか？」

「ええ。前衛の兵たちがどの辺りまで進行しているか分からないもの。誤って味方に大打撃を与えてしまったら、こちらの敗北は確実になるわ」

――とは言え、援護を一切行えていないとなると、ここに待機させてる兵たちは遊兵同然。なんとか前衛部隊のサポートに回れないだろうか。

「ふぅ……辛気臭い顔をしてどうしたんだい？」

「ドロテア……」

傷だらけの状態ながらも優雅に煙草《たばこ》を吸い続ける彼女は、清々《すがすが》しい面持ちで目先の戦場をじっと見つめていた。

「何を悩んでいるんだ？」

「そうね。あの雲……払えないかと思って」

「あれは私が作り出した突入のきっかけだよ。それなのに消したいのかい？」

「私たちからも中の状況が見えないのよ」

「なんだそんなことか……普通に突っ込めばいいだろう。私がしたようにな」

あの無鉄砲ながむしゃら特攻のことを言っているのだろうか。

まるで自分を見習えとばかりに彼女は胸元で腕を組む。

「敗北を恐れているのか？」

「当たり前よ……」

「ははは！　そうか、なるほど」

彼女は大声で笑い、その後真剣な声音で告げる。

「……皇女殿下。一つ問おう。今あの真っ白な雲の渦の内側では、どのような戦況であると思う？」

――戦況って、何も見えないのに答えられるはずがないじゃない。

「……分からないわ」

「ほぅ。それは本当に？」

「何が言いたいの？」

ドロテアが伝えたいことが理解できず、聞き返すと彼女は煙草の先端に付いた灰を指で叩《たた》き落とし、得意げな顔で口から煙を吐き出す。

「……私はあの環境下において、特設新鋭軍の兵たちが劣勢に立たされているとは思わない。圧倒的な実力差で、教団兵を一方的に叩き潰しているとさえ思っている。……さて。私が何故《なぜ》こう考えているか皇女殿下は分かるかい？」

私はすぐには答えが出せなかった。

しかしドロテアが何の根拠もなしに、こちらの優勢を確信したような物言いをするとは思えない。

彼女は戦いにおける有利不利をよく理解している人だ。

彼女の言った言葉の意味を考えに考えて……そして私は気付かされた。

特設新鋭軍の強み。

新設したばかりの組織。

貴族至上主義でない実力主義の組織体制。

様々な状況を考慮した作戦立案。


「特設新鋭軍の積み重ねてきたものが、戦闘訓練が生きる……から？」

「……正解。流石《さすが》は皇女殿下だ」

ドロテアは手のひらを叩いて称賛の言葉を送ってきた。

「その通り……彼らには特殊な環境下での戦闘訓練を施してきた。視界が遮られた濃霧の中での実戦訓練。とてつもない悪路において、重荷を背負っての行軍訓練。四肢の一部が失われた時を想定した、最後の足掻《あが》き方……とかね」

そうだった……彼らはこの短い期間に、帝国軍を超えられるように、地獄のように苦しい訓練を毎日続けてきた。

その経験が生きているのなら、あの深い雲に覆われた場所において、戦い慣れているのは教団軍ではなく、特設新鋭軍になるだろう。

「……信じていいのかしら」

「ふふ。愚問だな……これは皇女殿下が始めたことだ。信じなくてどうするんだい？」

特設新鋭軍を設立し、仲間を集め、多くの成果を挙げてきた。

彼らを巻き込み、扇動したのは私自身。

不安になるのは当たり前だ。それでも特設新鋭軍を一番に信じ、臆病な立ち回りをやめて、大胆に動くことが皇女としての私に必要なことなのかもしれない。

「……ありがとうドロテア。もう大丈夫」

「それは良かった。それで……ここからどうするかは決まったか？」

「ええ。視覚情報がなくても、これまで積み重ねてきたことは頭に残っている。私たちは──前衛部隊が敵陣営を切り崩していると信じ、あの空間に突入します！」

きっとこれが、皇女である私が導くべき解答なのだろう。

ドロテアは軽く口角を上げたあとに、悠々とした足取りで背を向けた。

「そこまで気付けたなら、私はもういらないね。怪我《けが》が痛む。先に帰って、宴《うたげ》の準備をしておくとするよ」

満身創痍《まんしんそうい》の中、彼女は戦場に戻ってきて、劣勢を覆す大規模な魔術を使ってくれた。

気丈に振る舞っていても、身体的にはやはり辛《つら》かったのだろう。

「……ここから先は任せて。貴女《あなた》はゆっくりりと休むのよ」

「言われなくても」

ドロテアはゆっくりと歩いて立ち去る。

その後ろ姿を見送った後に、私たち後衛部隊もまた、深い雲の中へと侵入を試みるのだった。

8

それはあまりに巨大な影だった。

視線を逸《そ》らせば、すぐにでも飲まれてしまいそうな重厚なプレッシャー。

長い胴体は幾重にもとぐろを巻き、長細い舌を何度も出し入れするその姿は、まさしく『蛇』そのもの。

「どう？　とても可愛《かわい》らしいでしょう。この子は神獣『白蛇』。スヴェル様から賜った私の大事な子よ」

愛《いと》おしい存在を愛《め》でるかのように、声の主はうっとりしたような声を漏らす。

目の前に立ち塞がる白蛇は、これまで対峙《たいじ》してきた中で最大の難敵だ。

「化け物狩りは初めてだ」

「ふふふ！　化け物だなんて……この子なんて、まだまだ可愛らしい部類よ？」

白蛇は背筋を凍らせるような不快な甲高い声で鳴き、しなる尾をこちらに叩きつけてきた。

「——くっ！」

真っ白く太い尻尾が地面を抉《えぐ》る。

その威力は周囲を漂う空気にまで伝わっており、衝撃が肌にピリッとした刺激を与える。

「あらあらあら！　不意打ちだったのに綺麗《きれい》に避《よ》けたわね！　流石は選定者の子。いいわ素敵よ」

余裕綽々《しゃくしゃく》な声。

そんな声の主を気にする間も無く、白蛇は長い尾を連続で振り回し、地面や木々を粉砕する。巨大な割に動きが素早く、避けるだけでもやっとである。

反転して剣を振り払う暇すらない。

「あははっ！　果たしていつまで逃げられるのでしょうね？」

一方的に攻められる展開に苛立《いらだ》ちが募る。

「ちっ！」

白蛇の尾が迫るまでの僅かな隙を利用して、俺は一瞬で前へと距離を詰める。

とぐろを巻いた巨大な怪物に対して、重い一撃をお見舞いしようと剣を握る手に力を込めた。

——しかし、こちらの都合通りにはいかなかった。

「ぎっ……!?」

——何だこれ。剣の刃が通らない！

純白にやや虹色掛かっている白蛇の鱗《うろこ》は、これまで切り裂いてきたどの鎧《よろい》よりも硬い。

剣先が砕け散りそうなくらいに、押し返す力が直《じか》に伝わってくる。

「くっ！」

そのまま硬質な鱗に弾《はじ》かれ、俺は後方に仰《の》け反《ぞ》った。

剣を持っていた手は痺《しび》れ、身体中《からだじゅう》の骨に攻撃の反動が響いている。

「その子の身を傷付けるのはさぞ大変でしょう。だってスヴェル様が創造し、私に遣わしてくれた特別な神獣なのだもの」

白蛇と対峙して思う。

もし敵が聖女だけならどれほど楽に勝てただろうかと。

対人戦闘の経験は無限に積めたとしても、怪物狩りの経験を積む機会なんて、そうそうない。敵の弱点も、動きの規則性も読めない。

「……面倒なこと、この上ないな」

「ふふ。お楽しみはまだまだこれからよ」

意味深な聖女の言葉を聞いた直後、前方から無数の魔術がこちらに飛んでくる。

己の勘を頼りに右へ左へと体勢をずらして、魔術の直撃を免れた。

「くそ、今なら当たると思ったのに！」

「小賢《こざか》しい男だ」

「落ち着け。いずれ限界が来るはずだ。それまで粘り強く攻撃を続ければよい」

雲の向こう側に薄《う》っすらと見えたのは、スヴェル教団兵数人と司祭の姿だった。

「次から次へと……」

手に余る怪物を処理する暇もなく、教団の雑兵は次々に近付いてくる。

俺を取り囲む包囲網は徐々に狭まり、白蛇との距離も近くなる。

「運命に抗《あらが》う選定者よ。これは貴方《あなた》にとって命懸けの戦い——さあ、死に物狂いで足掻き苦しむ姿を、もっと私に見せてちょうだい！」

まるで余興かのように声の主は告げる。

こちらが視認できない場所で高みの見物……か。

趣味の悪い女だ。

「……はぁ」

しかしこちらに選択肢などない。

俺は声の主の言う通り、死に物狂いで敵を殺し続けるしかないのだ。

——仲間の兵士たちはまだここまで辿《たど》り着けていない。自力でなんとかするしかないな。

救援が到着するまでどのくらい時間が掛かるか分からないが、それまでは何としても耐え続ける必要がある。

9

――今の揺れは何!?

雲の中に侵入して暫《しばら》く経《た》った頃、ずっと奥の方で大地を叩く物音が響いていた。

「殿下。下がってください」

「皆さん急いで魔術発動の準備を……」

前衛部隊と合流した私たち後衛部隊はすぐに音のする方へと警戒を強める。

しかし敵の攻勢はおろか、敵影すら見当たらなくなっていた。

「……殿下。敵の姿が見当たりません。付近は既に一掃済みかと」

前衛部隊で剣を振るっていた兵士の一人がそう報告を入れてくる。

彼の告げた通り、ここら辺一帯には教団兵の死体が無数に倒れており、生者の気配は一つもなかった。

「激しい抵抗がないなんて、妙ね……」

「敵は撤退したのでしょうか？」

「いいえ。あれだけの戦力差があって教団軍が退くとは思えない……貴方、アルはどこにいるのかしら？　待ち伏せの可能性を考えて、彼にも注意喚起をしないと」

「アルディア殿ですか……えっと」

兵士が答える前に、再び大きな揺れと地鳴りが響く。

「――っ！」

立っているのもやっとなくらいに、地面が大きく揺れる。

これはただ事ではないと誰もが思った。

「殿下。奥で何かが起きているようです」

「揺れからして分かるわ」

不穏な揺れと地鳴り。

そして私はあることに気付く。

――彼がいないわ。

「誰か。アルのことを知る人はいない!?」

「それが、ここに来るまでに見失ってしまいました……」

「アルディア殿なら先頭を進んでいたはずですが」

「そういえば、近くにはいないようですね。まだ戦っているのかも……」

――嫌な予感がする。

彼の姿が見えないことと、敵の気配が全く感じられないこと。

加えて前方から何度も引き起こされる不自然な地鳴り。

もしかしたら、彼が教団の敵兵を一挙に相手取っているのかもしれない。

「この付近にはもう敵影はないのよね？」

「はい。教団の残存戦力がいるとするなら、ここを進んだ先かと」

専属騎士として、アルディア＝グレーツという男は他を寄せ付けない強さを誇っている。

しかしそんな彼であっても、不死身ではない。

四方を囲まれ、終わることのない連戦を強いられれば、いつかは限界がやってくる。

「総員。急いで前進を！　アルが一人でまだ戦っているかもしれないわ！」

――こうなることは薄々気付いていた。

彼は己を犠牲にしてでも誰かを助けようとする。

勝利のためにならば、自分の命を簡単に賭けてしまう……そんな人なのだ。


――私は知っていた。

極限状態の中で彼がどういう選択を取るのか。

敵として戦場に立ち、私は幾度となくその場面を目にしてきた。

満身創痍でも、命が尽きぬ限り前へと進み、敵は全て滅ぼさんとする徹底ぶり。

優勢でも劣勢でも、変わらぬ強さで戦場の主導権を握るために動く。

「……きっと聖女を討ちに行ったんだわ」

教団を最も効率良く制圧する方法は、聖女という絶対的な指導者の消滅にある。

彼はそれを理解しているから、最短でこの惨事を終息させようとした。

目の前のリスクを容認した上で、危険地帯へと飛び込んだ。

「急がないと、間に合わなくなるかもしれない……！」

どれだけ多くの敵に囲まれ、行く手を阻まれても、彼は剣一つで全てを薙《な》ぎ払う。

その過程で彼がどれほど傷付き、苦しむのか……想像しただけでも胸が痛くなる。

「殿下ッ!?」

「付いてきて！　敵はまだこの先にいるわ！」

騒音のする方へと私はひたすらに走る。

真っ白な雲に覆われ、何も見えないが、彼が敵と熾烈《しれつ》な戦いを繰り広げ、躍動している剣の音が微《かす》かに聞こえた。

——近い。彼がすぐそこで戦っているわ。

肉を引き裂かれた者の悲鳴が聞こえてくる。

数多《あまた》の魔術が放たれ、様々な場所で弾けている。

「いい加減に……！」

「ふっ！」

「ぐあぅ……」

——見つけた！

「アル！」

多くの敵兵に取り囲まれながらも一人一人確実に倒し続けるアルディアの後ろ姿が見えた。彼は私の声に反応して、視線だけをこちらに向けてきた。

「ルーネ様、どうして……？」

彼の意識は完全に私の方へと向き、その間僅かな隙が生まれる。

「危ないっ！」

彼の背後に迫る無数の魔術弾。

しかし私の叫びを聞いた彼は、魔術弾を視認すると無駄のない動きで全て躱《かわ》しきった。

「くそ！」

「増援が来たぞ。立て直せ！」

背後から続々と現れる特設新鋭軍の兵士たち。

先程までアルディアに集まっていた教団兵たちは、その包囲網を崩して、ゆっくりと後退し始めた。

「殿下、いきなり走り出すから何事かと思いましたよ……」

心配する兵士。

そしてアルディアを庇《かば》うように多くの兵士たちが前へと歩み出る。

「教団兵がこんなに……」

「どれだけ多くても倒すしかないだろ！」

「アルディア殿。到着が遅れてしまい申し訳ありません！　全員、突撃だ！」

彼は呆気《あっけ》に取られたように剣先を地面に落とす。

「……こんなに早く増援が来てくれるとは思わなかった」

先程まで鬼のような形相だったアルディアだが、今はかなり安堵《あんど》した様子。

「アル。ここから先は私も一緒に戦うわ！」

「……ルーネ様はずっと一緒に戦っていてくれたでしょう」

「ふふ。そうだったわね」

私が笑うと、彼も優しげに微笑《ほほえ》み、それからすぐに剣を構えた。

「この近くに聖女がいるはずです。彼女を見つけ出し、倒したいのですが……」

「ぐぁぁぁっ……！」

彼が説明をしている最中、特設新鋭軍の兵士二、三人が後方に飛ばされた。

他の兵士たちも中々前に進めないのを見るに、どうやら聖女を倒す前に、中々厄介な敵を相手にしないといけないようだ。

「……あの巨大な白蛇を倒さないと、我々は聖女に辿り着けないです」

瞳は赤く、全身が純白の鱗《うろこ》に覆われた巨大な白蛇。

アルディアは他の兵士たちに後退の指示を出し、自分一人だけが前へと出る。

「あの白蛇は俺が相手をします。ルーネ様は他の兵たちと共に、魔術を放ってくる司祭を中心に周囲の敵を倒してください」

「分かったわ」

彼の話を聞き終えて、私と他の兵士たちは白蛇の両脇に立つ教団兵たちに照準を定める。

「さあ、行くわよ！」

全員が一斉に駆け出す――先頭を走るアルディアが白蛇の頭突きを避《よ》け、硬質な鱗を剣で無理やり剝ぎ落としたところから、両軍の戦端が切られた。

10

かつて戦ったどの強兵よりも厄介な動きをする白蛇。

対人の戦闘経験を積んできただけでは読めない動きの数々。

「……はぁはぁ」

長い尾から繰り出される一撃はあまりに重く、剣で受け切ろうとすれば確実に身体《からだ》ごと吹き飛ばされてしまう。故に回避一択になるのだが、度重なる連撃は勢いを失うことがなく、こちらの体力だけがどんどん削られる。

「はぁっ！」

加えて剣で斬り伏せようとしても、頑強な鱗が白蛇の身を守る。

ハイリスクローリターンの不利な戦い。

それでもこの白蛇を抑えられる者は、現状俺だけだろう。

ヴァルトルーネ皇女は魔術に秀でているが、接近戦向きじゃない。

この白蛇と対等にやり合える前衛の兵は残念ながら、ここにはいない。

「一気に攻め込んで！」

各所に指示を飛ばしながら、ヴァルトルーネ皇女は炎の魔術で敵集団を焼き尽くし、氷の魔術で敵の動きを鈍らせ、前衛の兵たちが有利に戦える状況を作り出している。

——他の敵兵さえ処理できれば、この白蛇とも戦いやすくなる。

「くっ！」

蛇の振り下ろす尾が、再び地を砕く。

回避行動を取ったところで、白蛇は直接こちらを噛《か》みにくる。

「アル！」

白蛇の牙が顔の前まで差し迫ったところで、ヴァルトルーネ皇女の魔術が白蛇の頭部に命中し、爆発した。蛇の頭部は真っ赤な炎に炙《あぶ》られ、白かった鱗が若干黒っぽく変色している。

「助かりました。ありがとうございます」

「いいのよ。それより、その白蛇はまだ生きているの？」

「そうですね……まだまだ元気そうです」

ヴァルトルーネ皇女が放った渾身《こんしん》の魔術を受けても、白蛇は少し怯《ひる》んだだけ。

何事もなかったかのように俺への攻撃を再開した。

「アル。周囲の敵兵はほとんど片付けたわ。私が援護に……」

「殿下、避けてください！」

「——っ！」

ヴァルトルーネ皇女は身を反って鋭い軌道で放たれた魔術を間一髪のタイミングで躱す。

彼女の跳躍力と柔軟な動きに、魔術を放った司祭は驚いたように目を大きく見開いた。

「おっと。今のは命中したと思ったのですが……」

——司祭か。それも他の司祭より戦い慣れた振る舞いだな。

一瞬ヴァルトルーネ皇女の援護を期待したが、あの司祭がいる限り、彼女はこちらのサポートには入れないだろう。

「邪魔をするなら容赦しないわよ」

「それはこちらのセリフです」

司祭と睨《にら》み合い、ヴァルトルーネ皇女は渾身の魔術を放つ。

同時に司祭も魔術を放ち、双方の放った魔術が衝突し、大きな爆風を巻き起こした。

「……くっ！」

「相殺、ですか……なるほど」

聖女だけでなく、司祭も中々に腕が立つ。

ヴァルトルーネ皇女に引けを取らないほどの高威力の魔術を扱える。

その上動きもそこそこ機敏だ。

「ははは！　まさか皇女殿下自ら、私の相手をしてくださるとは思いもしませんでしたよ」

「黙りなさい。貴方《あなた》はここで私に討たれるのよ」

「それはどうでしょうか。こちらには聖女様の白蛇がいる。勝ち目がないのは、そちらですよ！」

「――――っ！」

司祭は無数の魔術弾をヴァルトルーネ皇女に向けて撃ち込む。

彼女はそれら全てを魔術障壁で防ぎ切り、深く息を吐いてから反撃の一発を司祭に向けて放つ。

「お返しよ！」

「その程度の攻撃……ふん！」

司祭は先程のように魔術を放ち相殺を狙うが、ヴァルトルーネ皇女の放った魔術の方が威力は高く、司祭の魔術は淡い輝きを放ちながら粉々に砕かれた。

ヴァルトルーネ皇女の方へと向けた司祭の手は魔術の高熱によって焼け爛《ただ》れ、鋭い痛みを感じた司祭は短く絶叫する。

「ぐがぁ⁉」

――向こうは勝負ありだな。

司祭も奮戦したとはいえ、卓越したヴァルトルーネ皇女の魔術には敵《かな》わなかった。

仰《あお》向《む》けに倒れた司祭は必死に起き上がろうとするが、ヴァルトルーネ皇女はすぐに兵士を向かわせる。

「……終わりよ。観念なさい！」

「この……小娘が」

数多の兵士に刃先を突き付けられ、司祭は悔しそうに眉間に皺《しわ》を寄せた。

「これ以上抵抗するなら、トドメを刺すしかないのだけれど……どうするの？」

「――他の者たち、は」

「残念ね。貴方以外は誰も残っていないわ」

へし折れた槍《やり》や剣はそこら中に立てられ、教団兵や他司祭たちの死骸は赤く染まった教団旗と共に、地面に散乱していた。

この惨状を見て、司祭に抵抗する意思はもう残っていない。

「そんな……あれだけの兵士がこんな一瞬で」

司祭が何度瞬《まばた》きしても、凄惨な景色に変化はない。

「彼を連行して」

「はっ！」

白蛇以外の敵は制圧された。

俺が相手にしている白蛇も、根気強く剣で斬り続けたお陰か、硬い鱗を貫通し、ところどころ血を流していた。

「アル。大丈夫？」

「もう少しで仕留められそうです！」

動きも鈍り始め、攻撃にもキレがなくなってきた。

このまま戦いを続ければ、いつかは白蛇も動けなくなるだろう。希望的観測を立てて、追い打ちをかけようとした時だった。

「……あらあら可哀想《かわいそう》に。とても辛《つら》かったでしょう?」

「────っ!?」

周囲を覆っていた雲が消え始める。

遠くの山々に立ち並ぶ木々が見えるほど、視界が綺麗《きれい》に晴れた。それと同時にこれまで感じたことがないほどに強烈な魔力を感じる。

まだ姿すら見えていないのに、足の震えが止まらない。

これは明確な恐怖だ。

足音は地に落ちた小枝を折り、落ち葉を踏み締めて着実に近付いてくる。

「司祭たちは残念ながら、選定者に敗れてしまったのね。せっかく白蛇を付けてあげたのに、こんな結果になるなんて、とっても残念だわ」

悲観したような物言いをしているが、彼女の声音から悲しみは全く感じない。

それどころか、待ってましたとばかりに淑《しと》やかな足取りでこちらへと近付いてくる。

──ついにお出ましか。

傷だらけの白蛇は力なく、後ろへと這《は》い戻り、そのまま黒い修道服を着た聖女の腹部辺りに顔を埋《うず》めた。

そんな白蛇の巨大な頭部を聖女は優しい手付きで撫《な》でる。

「痛かったわね……でも、もう大丈夫よ。私が救いの手を差し伸べるんですもの。何も怖いことはないわ」

神秘的な雰囲気に包まれた聖女――本来は神々しいやら、美しいと崇《あが》め奉《たてまつ》るところなのかもしれないが、俺から見た聖女の第一印象は、得体の知れない気味の悪い存在だった。

一見柔らかい微笑みを浮かべているようだが、瞳の奥は全く笑っておらず、声の抑揚も常人とはズレたものだ。

「……ああ。皆死んでしまったのね。兵士も、信徒も誰一人息をしていない。……司祭も捕まってしまった。可哀想に、でも大丈夫よ。貴方たちの仇《かたき》はスヴェル様が取ってくれると思うから。主《しゅ》は歴史を変える異物を許さない……ふふ。貴方のことよ？」

こちらへの警戒すらせず、亡くなった教団兵に手を合わせる聖女は、ゆっくりと俺の目を見た。

俺はそんな彼女に、刃先を向ける。

「……これで余興は終わりね。とても楽しませてもらったわ」

「仲間が全員死んだというのに、まだそんなことを言うんだな。仲間の死をなんとも思ってないんだろう？」

聖女は魂の欠けたような目つきでじっとこちらを覗《のぞ》き込む。

「死は救いよ。人がこの世の苦しみから解放される唯一の方法」

聖女の抑揚のない声音は、ある種の不気味さを漂わせていた。

「俺にはお前の感性が理解できない」

「そうでしょうね……貴方は生の苦しみから逃れることができなかったんですもの。ねぇ、二度目の人生はどう？　楽しい？　それとも運命に抗《あらが》うことが苦しいのかしら？」

「――ッ！」

聖女の問いには答えず、俺は聖女の首目掛けて剣を突き出した。

「ふふふ！　沈黙こそが貴方の答え、なのね」

「少し黙れ……！」

剣は聖女の手前で動きを止めた。

目一杯に力を込めても、俺と聖女を隔てる見えない壁は穿《うが》つことができない。

「この……！」

「うふふっ！　その殺意たっぷりな目。ぞくぞくするわ！」

狂ったように恍惚《こうこつ》とした表情を浮かべる聖女は、口元に人差し指を当てると、小さな声で囁《ささや》く。

「……ばいばい」

「――くっ！」

聖女の言葉を聞いた瞬間、命の危機を感じた。

絡みつくような聖女の瞳から視線を外し、無理やり突き刺そうとしていた剣を引き上げる。そのまま思い切り後方へと跳ぶと、足裏に微《かす》かな爆風を感じた。

必死に下がった俺の視界に入ってきたのは、金色に輝く無数の爆光だった。

空間ごと切り裂く無慈悲な爆発は、周囲にあったもの全てを無に帰し、周辺には真っ黒な灰しか残らなかった。

もし聖女の前に居続けたら、身体がバラバラに吹き飛んでいたことだろう。

「この女……」

「あらあら。危機察知能力が高いのね。生存おめでとう！」

無邪気に笑うその姿は、聖女とは思えないほど残酷さを秘めたものだった。

「アルディア殿！」

「俺たちも加勢に入ります！」

俺が引いたタイミングで入れ替わるように特設新鋭軍の兵たちが聖女に立ち向かう。しかし彼らに勝ち目がないと先程の一瞬で俺は悟ってしまった。

「ま、待てお前たちッ！」

「はぁぁぁぁっ！」

「せやぁぁ……！」

制止する声も届かず、彼らは聖女へと一直線に向かう。

剣と槍を持った兵たちが次々と突撃し、彼女の首を狙うが、

「ごめんなさいね。貴方たちに興味はないの……さようなら」

彼らが剣や槍を振り下ろす前に、鎧《よろい》の内側から青い炎が発火する。

「ぎゃぁぁぁっ！」

「熱いっ……」

あんな攻撃……対策のしようがない。

悶《もだ》え苦しみながら青い炎に焼かれる兵たちを見ていることしかできない。

「聖女は特別な力を使うわ！　無謀な突撃はやめなさい！」

あっさりと殺された兵を見て、ヴァルトルーネ皇女が注意喚起を行う。

流石《さすが》に力の差があり過ぎると、他の兵たちも察したのか、兵たちは聖女から距離を置くようにゆっくり後方へと下がった。

「アル。彼女とは私たち以外戦えなさそうね」

「ルーネ様もお戻りください。あの女は危険です」

「ダメよ。聖女の魔術と対等に渡り合えるのは多分私だけ……貴方だけでは勝てない相手かもしれないでしょ？」

ヴァルトルーネ皇女の言葉は正しい。

俺の剣は聖女に届くことなく終わった。

もし聖女の魔術に対抗できるとしたら、高位の魔術を使いこなせるヴァルトルーネ皇女だけだ。

「どうしても戦うのですか？」

彼女は頷《うなず》き、そのまま複数層の魔術障壁を張り巡らす。

守り主体の構え。彼女の緊迫感あふれる面持ちからは、聖女の重い一撃を受けないようにという考えが読み取れた。

「聖女は人並外れた威力の魔術を使ってくるわ。気休め程度にしかならないかもしれないけど、これで少しは凌《しの》げると思う」

彼女の意志は固いようだ。

説得を諦め、俺はヴァルトルーネ皇女と共に聖女を倒すことを誓う。

「俺の剣技は全て弾《はじ》かれてしまいますが、どう倒しますか」

「恐らくは聖女側が魔術障壁に似た防御系統の魔術を使っているはず……魔術を剝がすには、ひたすら攻撃をして無理やり破壊するか、あるいは魔術を構築している術そのものに干渉して消し去る以外に方法はないわ」

二つの案は、どちらも実現が難しそうなことだった。

しかしひたすら攻撃を繰り返すことで、敵の魔術を破壊できるのなら、賭けてみる価値はある。

「……では、俺が剣撃をひたすら繰り出して、敵の魔術障壁を壊します」

「私も魔術でなるべく削るようにするわ！」

対峙《たいじ》する聖女はこちらの話し合いを悠長に待ちながら、澄ました顔で立ち尽くしている。

「あちらは随分と余裕があるみたいね」

負けるはずがないだろうと思わせるような振る舞い。

強者の余裕というやつだろうか。

「必ず魔術障壁を剝がしてきます！」

俺は依然として落ち着き払った様子の聖女の元へと歩き出す。

「……あら、作戦会議はもう終わり？　なら命懸けで抗ってみなさいな」

聖女は白蛇を後方に下がらせ、無防備にこちらへと歩き出す。

「はぁっ！」

「ふふふ！」

剣撃は当然弾かれる。

聖女が一歩前に進むたび、こちらは一歩押し戻される。

——こいつは力勝負でも強いのか。

ただ攻撃が通らないだけかと思いきや、踏み出す一歩には計り知れないほどに大きな力が生じている。地面は大きく凹《へこ》み、その衝撃が足下を伝って身体《からだ》に伝わる。

非力そうな見た目に反しての絶大な怪力。

白蛇を相手にしていた時よりも遥《はる》かに重い。

「あら。もしかして貴方《あなた》の本気はその程度なの？」

「さあ、な……！」

押し戻されながらも、俺は必死に剣を振り続ける。

鋼鉄の大盾を相手にしているかのように、まるでびくともしない聖女の魔術障壁。

剣が火花を散らして弾かれ、体勢がのけぞるように傾いたところでヴァルトルーネ皇女が叫ぶ。

「アル。頭下げて！」

「ふーん」

ヴァルトルーネ皇女がありったけの魔力を込めた魔術弾も、聖女が手を横に一振りすると、いとも簡単に軌道を変えて破裂する。

正直言って、聖女は格が違う。

これまで戦ってきたのが人だとすれば、彼女は小柄な女性に扮《ふん》した全知全能の化け物と表現できる。

「……いい魔術ね。けれど、まだ足りないわ」

「なんて強さなの」

正真正銘のラスボス——聖女は欠伸《あくび》交じりに目を擦《こす》りながら微笑《ほほえ》む。

「運命を変えようとしているのに、私程度を倒せないなんて……それでは、スヴェル様を討ち、破滅の歴史に一石を投じることなど不可能ですね」

嘲笑《あざわら》うかのように彼女は莫大《ばくだい》な量の魔力を宙に浮かばせ、それからこちらへと腕を振り下ろした。

「今の貴方にこれが防げるかしら？」

それは明らかに防げるような代物ではない。

当たれば即死……或《ある》いは、身体の一部が一瞬で溶かされるようなエネルギーの塊。

回避行動に移ろうにも、既に手遅れ。

剣で防ぎ切るしかないと思い、足を踏ん張り、腰を低く構える。

「させないわ！」

ヴァルトルーネ皇女は俺の周囲に大きな魔術障壁を展開する。

それは巨大な魔力の塊が俺を飲み込む寸前のことだった。

「あらあら……貴女《あなた》はいつもタイミングが良いわね」

彼女の魔術障壁は非常に強固だ。

しかし目の前に展開された魔術障壁には次第に亀裂が入り始め、やがて耳を劈《つんざ》くような衝撃音と共に、小さな硬い欠片《かけら》を飛び散らせた。

「そんな！」

「ふっ……！」

ヴァルトルーネ皇女の魔術障壁では防ぎきれなかった。

魔力の塊が目の前まで迫り、身体中を飲み込んでゆく。

──熱い！

全身が火に炙《あぶ》られたかのような鋭い痛み。

そして視界は真っ黒に染まる。

「アルッ！」

ヴァルトルーネ皇女の悲痛な叫び声が聞こえてくる。

「あははは！　やっぱり運命に抗うには足りないわよ！」

逆からは下衆《げす》に微笑む聖女の歓喜に満ちた声が耳に入ってきた。

「貴方は守りたかったものも守れず、遂げたかった目的も果たせず、このまま何もかも失うの……。皇女様も貴方が何もできずに無駄死にしたせいで、私に殺されてしまうわ。ああ、可哀想《かわいそう》に。全部貴方が弱いのが悪いのよ？」

聖女はまるで俺の弱さを叱責するかのように、少し声を荒らげた。

俺は何も言い返すことができず、そのまま重力に任せて瞼《まぶた》を閉じる。

——嘘《うそ》だろ。俺はこんなところで終わるのか？

運命に抗《あらが》って、ヴァルトルーネ皇女の隣を掴《つか》み取った。

これから先、彼女が皇位継承を経て、帝国を導く希望となるはずなのに……俺はその光景を目にする前に逝ってしまうのだろうか……。

「……いいや、違う」

「……ん？」

こんなところで終われるわけがない。

俺はあの最悪だった未来を覆し、ヴァルトルーネ皇女が笑って暮らせる平穏な日々を贈ってあげたい。

そのために、俺はまだ彼女の敵を倒さなければならないのだ。

未練を残して逝くなどできない……そう考えた瞬間、身体中に走っていた激痛は綺麗《きれい》に消えた。

代わりに心の底から沸き立つ黒い感情。

——これは、憎悪、敵意、殺意、憤怒。

好き勝手に振る舞う聖女に対して向ける負の感情が一気に溢《あふ》れ出す。

「……殺す。お前だけは絶対に殺す！」

周囲を覆う魔術の塊を素手で払う。

俺の視線はただ一つ……踠《もが》き苦しむ俺を嘲笑い続ける聖女へと向けられていた。

「あら……ふふ。やっと、本領発揮といったところかしら」

「……殺す、許さない、何もかも壊してやる！」

最早《もはや》聖女の言葉に耳を傾ける気もない。

視界は真っ赤に染まり、その焦点は聖女の心臓のある胸元にのみ合わせられる。

「その薄汚い命を抉《えぐ》り出してやる！」

「あははは！　いいわ。最高よ！」

聖女はうっとりとした顔で早口で捲《まく》し立てる。

「そう。そうよ！　心は力の源……想《おも》いが強ければ強いほど、力は無限に増大し続ける。貴方はついに、力の扱い方を知ったのね！」

——聖女の発した言葉など、耳に入ってすらいなかった。

というか、何も聞こえない。

あるのはただ、目の前にいる敵をぐちゃぐちゃに壊してしまいたいという醜い感情だけだった。

11

聖女の魔術に焼かれ、アルディアは苦しみ倒れてしまった。
私も魔術障壁を使って、防ごうと試みたが、聖女の方が一枚上手だった。
このままだと彼が死んでしまう。
頭の中が真っ白になってしまった。
「……ア、ル」
口元に手を当て、私はその場から動けなくなってしまった。
膝からは力が完全に抜け、崩れるようにその場にへたり込んだ。
アルディアの心臓の鼓動が聞こえなくなってしまうことに私は恐怖した。
心に穴が空いたような空虚な気持ち……大事なものを失う時に味わう酷《ひど》い感情。
「いや、いや……いやぁぁぁぁぁっ!!」
瞳から溢れる涙が止まらない。
視界がぼやけ、彼が完全に動きを止めた姿がちゃんと見られない。

目を逸《そ》らしたくなるような現実を前に、私は耳を塞いだ。

「もう、嫌……」

いつから私はこんなに弱い人間になってしまったのだろう。

親交深い人を失っても、ここまで取り乱したことは今までない。

政略の絡む皇族であるのなら、近くに仕える者たちが一人二人消えることくらい日常茶飯事だったから。

それなのに今の私は……どうしてこんなにも胸が痛くなっているの？

「……私を、置いていかないで。約束したじゃない……最後まで私の側《そば》にいてくれるって」

──こんな結末、私は認められない！

私は悲劇を繰り返したくて、今を生きているわけじゃない。

守りたいものを必死で抱え込んで、全部を新たな未来に残せるように運命に抗っているのだ。

「……アルは死なないわ。だって彼は私の専属騎士だもの！」

まだ諦めない。私にできることがあるはずだ。

治癒魔術を使えば、彼はきっと立ち上がってくれるはず。

アルディアに治癒魔術を行使しようとした時、倒れていた彼の指が僅かに動いた。

止まっていた呼吸が戻り、彼はゆっくりと立ち上がる。

――良かった。生きていたわ！

喜びのあまり私は彼に駆け寄ろうと立ち上がる。

だが、聖女に向けてゆらゆらと身体を揺らしながら剣を持つ彼は普段と違う空気を漂わせていた。

「……え。アル？」

「殺す、お前だけは絶対に殺す！」

「――――っ!!」

アルディアが絞り出したように言葉を発した瞬間、足下から何やら黒いモヤのようなものが立ち上ってきた。

ただごとではなかった。

先程まではこちらを気遣い、視線を交わしてくれていた彼が、今では私の方に見向きもしない。それどころかゆっくりと聖女の方へと近付いて行く。

「あら……ふふ。やっと、本領発揮といったところかしら」

――彼女はどうして平気でいられるの!?

アルディアの異様な姿を見ても、聖女が怯《ひる》む気配はない。

むしろ彼女自身に巡る魔力がより、活性化されたような感じすらある。

「……殺す、許さない、何もかも壊してやる！　その薄汚い命を抉り出してやる！」

「あははは っ！　いいわ。最高よ！」

アルディアは黒く邪悪なオーラを纏《まと》いながら、聖女の元へと進み続ける。

「そう。そうよ！　心は力の源……想いが強ければ強いほど、力は無限に増大し続ける。貴方はついに、力の扱い方を知ったのね！」

聖女は挨拶のように彼へ向けて、無数の魔術を撃ち込む。

「……その程度、俺にはもう効かない」

しかし彼は攻撃を躱《かわ》すことなく、その身に受け続けた。

歩くペースは落ちず、聖女は両手を頬に当て、満面の笑みを浮かべる。

「ふふ素敵よ。貴方《あなた》の感情が伝わってくるようだわ……怒り、悲しみ、憎悪……背筋が凍ってしまいそうなほど、強く濃い負の感情。もっとよ、まだ足りないわ……それではスヴェル様に辿《たど》り着けないわよ!?」

何故《なぜ》だろう。

彼をこのまま行かせたら、取り返しの付かないことになってしまうような気がする。

確かに今の彼であれば、聖女を倒すことができるかもしれない。

見たこともない不思議で強大な力を手にしたように思えるし、先程まで回避することですら苦戦していた聖女の魔術を躊躇《ちゆうちよ》することなく、その身で受け続け、それでも歩み続けられている。

本来なら、彼に任せて聖女を倒してもらうことが先決……でも心の奥底で這《は》い回る不安は尽きることなく、私の意思を鈍らせる。

「アル……待って」

だからつい、彼の名を呼び、その歩みを止めようとした。

いつもならすぐに振り向き、綺麗な姿勢で私の言うことを聞いてくれるはずだったから。

でも……。

「ルーネ様の敵である貴様を……生かしては帰さないぞ！」

今の彼に、私の声は届かなかった。

「あはは！　貴方まるで狂人のようね……力に溺れているわよ？」

「黙れッ！」

アルディアは聖女に向けて、目にも留まらぬ速さで剣を振るう。

聖女は当然のように彼の攻撃を魔術障壁で弾《はじ》こうとするが、僅か一秒も持たずに、彼女の張った魔術障壁は粉々になってしまった。

「終わりだ――！」

アルディアの勝利を確信した発言を受け、それでも聖女は不敵に口角を上げていた。

「……良いものを見せてもらったわ。でも不完全だわ」

「――んなっ!?」

聖女が彼の剣先に人差し指を添えると、彼が纏っていた黒いオーラは散り散りになって消え去る。

「……どう、して」

「どうしてか……それはその力が偽物だからよ」

聖女は冷たい声音で言い放ち、強風を巻き起こしてアルディアを後方へと退ける。

「……強大な力を育んでくれる感情は、いつだって不安定。だから瘴気《しょうき》に飲まれやすい。過剰な力を欲すれば、いずれその身を滅ぼすでしょう」

聖女は手のひらに神々しい輝きを放つ宝石のようなものを載せた。

「人とはあまりに愚かですね。心を壊してまで、力を得ようとする……それが過ちだと気付かないまま、奈落へと飲まれてゆく」

聖女はそのままゆっくりと宙に浮かぶ。

そして再び魔力を大量に蓄える。

「貴方が抱く負の感情……それは本当に貴方の一番なの？」

「何が言いたい？」

「貴方が抱いたその感情は、不完全なものだったわ……脆弱《ぜいじゃく》で、一過性のもの。果たしてそんな仮初の感情が、貴方を一番強くしてくれるのかしら？」

真意を問うのとはまた違う。

彼女は自分の中に明確な答えを持っているのだろう。

「貴方の力は確かに強い……私に一矢報いることが可能なほどよ。けれど、その力は不完全。誤っている。貴方が真に願うべきは、もっと別の感情。今のままでは運命に抗うことはできないでしょうね」

腕を振り上げ、彼女は悲しげに呟《つぶや》く。

「私は貴方にとても大きな期待をしていたのに……残念だわ」

周囲の大地が吹き飛ぶほどに巨大な光柱――あれで焼かれたら今度こそただでは済まない。

「……させないわ。私だって、大事な人を守るための意地があるのよ！」

身体中《からだじゅう》の魔力を集中させる。

私は気を失っても構わない。彼を傷付ける魔術を相殺できるのなら、私はどんな代償でも払ってみせる！

「ふぅ……はぁ……」

魔術障壁では砕かれる……ならどうするか。

聖女の魔術を上回る威力のものを当てて、誘爆させるだけよ！

「さあ、終わりよ」

「終わりは貴女《あなた》の方よ！」

刹那――世界は眩《まばゆ》い光に覆われた。

何の音も聞こえないくらいに耳鳴りがする。

崩落してゆく大地と薄れる意識。

――最後まで全力を尽くしたわ。後はなるようになるだけ、ね。

私は力を使い果たし、仰向《あおむ》けに倒れた。

「運命に抗《あらが》う愚かな選定者たちよ。近いうちにまた会いましょう」

最後に聞こえてきた聖女の言葉は、皮肉すら含まれていなそうな純粋な再会の約束のようだった。

私が返す言葉はない。

ただ……アルディアを守れたかどうか。

気掛りなのは唯一そこだけだ。

12

身体が重い……力が奪われたような感覚。

身動きが取れない状況の中で感じた死の予兆。

しかしその危機を跳ね返したのは、ヴァルトルーネ皇女の魔術だった。

「さあ、終わりよ」

「終わりは貴女の方よ！」

聖女とヴァルトルーネ皇女の魔術がぶつかり合い、盛大に火花を散らす。

見た目の大きさは聖女が放った魔術の方が巨大だったが、ヴァルトルーネ皇女の魔術は鋭く進み、聖女の魔術を突き破った。

「……ふふ。悪くありませんね」

ヴァルトルーネ皇女の魔術は真《ま》っ直《す》ぐ聖女に向かって飛び続ける。

しかし聖女は退く気もないのか、迫り来る魔術に手のひらを見せる。

彼女が握り潰すように手のひらを閉じると、ヴァルトルーネ皇女の魔術は淡い光を放ちながら消滅してしまった。

——くそ。まだ動けない。

剣を握る手は指先一つ動かない。

聖女はこちらを見下ろすように眺め、やがて踵《きびす》を返した。

「運命に抗う愚かな選定者たちよ。近いうちにまた会いましょう」

「……待てっ！」

聖女は白蛇を地面に潜らせ、自分は金色の粒子に包まれ、一瞬で消えてしまった。

「くそ、どこに逃げた……!?」

聖女が姿を消したのは、魔術によるものであることは確かだ。

どこかに身を隠しているのではないかと思い、周囲を見回すが、人影どころか聖女の強力な気配すらない。四方を見回し、見える光景は白蛇によって荒らされた森林と、気を失って倒れているヴァルトルーネ皇女だけだった。

「……逃してしまったか。いや」

呼吸を整えながら、俺は剣を鞘《さや》に収める。

今回は聖女を取り逃したのではない……相手が奇跡的に退いてくれたという表現が正しいのだろう。

あのまま聖女が戦闘を継続していたら、俺に勝ち目なんてなかったのだから。

「……俺は何もできなかった」

危険が去った途端、俺は自分の無力さに怒りを覚えた。

今回の戦いにおいて、俺は聖女に傷一つ付けることすらできず、ヴァルトルーネ皇女に命を守ってもらっただけだった。

全身全霊を以《も》って挑んだ戦い……結果は完敗だった。

「ルーネ様……申し訳ありません」

瞼《まぶた》を閉じたままのヴァルトルーネ皇女を背におぶり、俺はその場を後にする。

聖女が撤退したことで、教団軍も完全にディルスト地方から退いていた。

静かな森林。特設新鋭軍の兵たちも、聖女の攻撃範囲外まで退いているため、俺は兵たちのところまで向かう。

「……アル？」

ゆっくり歩いて来た道を戻っていると、彼女はすぐに意識を取り戻した。

「気が付いて良かったです。ルーネ様のお陰で聖女は去りました。もう脅威はありません」

「聖女が去った……そう。倒せなかったのね」

「申し訳ありません。俺の力不足です」

「貴方は悪くないわ。聖女があれほど強いだなんて、誰も想定していなかったことだし」

ヴァルトルーネ皇女はそのまま俺の背中に顔を埋《うず》めた。

「……私は貴方が生きているだけで、それだけで十分だから」

言葉を返すことができなかった。

彼女は聖女という脅威を一番取り除きたいと願っていたはずなのに、俺が生きているだけでいいと言ってくれた。

俺にはヴァルトルーネ皇女を守るために戦うことしかできない。

にもかかわらず、聖女に手も足も出なかった自分が尚《なお》のこと情けなく感じてしまう。

「……次は必ず、仕留めて見せます」

小声で告げると、ヴァルトルーネ皇女は「ええ」と優しげな声音で返事をした。

「でもひとまずは教団軍を退けた。その結果があれば十分よ」

「はい。残るは王国軍の方ですが……」

忍び寄る教団軍を撤退に追い込めはしたが、肝心の王国軍が未《いま》だにディルスト地方に居座っている現状だ。

今も魔術がぶつかり合う轟音《ごうおん》が聞こえてくる以上、戦いはまだ終わっていないのだろう。

「ルーネ様。今からでも援護に向かってよろしいですか？」

魔道具を駆使して上手《うま》く立ち回っているとはいえ、特設新鋭軍は人数が圧倒的に少なく、苦戦しているはずだ。

「もちろん。貴方が加勢に入ってくれれば、リツィアレイテも喜ぶはずよ」

加勢に向かいたいという俺の意思を汲《く》んでくれたヴァルトルーネ皇女は、二つ返事で了承してくれた。

「ルーネ様はどうされますか？」

「そうね。本当は私も作戦本部まで戻りたいところなのだけど……」

「周囲の警戒ですか……」

「ええ。気配がないとはいえ、ここら辺一帯の安全が絶対確保できたわけじゃないわ」

ヴァルトルーネ皇女は俺の背から降りると、俺の横に立つ。

「教団の目的を探るために、残った兵たちと周辺調査を行うことにするわ。貴方《あなた》は気にせず、特設新鋭軍の援護に回ってちょうだい」

それからヴァルトルーネ皇女は、前方から駆け寄ってきた兵たちに軽く手を振る。

多勢な教団軍に対して一歩も引かなかった兵士たち。彼らにならヴァルトルーネ皇女を任せられる、か。

「……分かりました。では行って参ります」

「騎竜兵《キリュウ》の子を何人か付けるわ。気を付けて行ってらっしゃい」

ヴァルトルーネ皇女に見送られ、俺は騎竜兵三人を連れて、戦地となっている平野へと向かう。

　聖女との戦いで勝利に貢献できなかった分、こちらでしっかり取り返そうと心の奥底で密《ひそ》かに誓った。

13

時間を遡ってから、私は幾度となく修羅場を潜《くぐ》り抜けてきた。

特設新鋭軍を立ててからは、それこそ怒濤《どとう》の勢いで大きな戦いが続いた。

かつての私は士官学校卒業後暫《しばら》くの間は、平穏な時間が流れていると思っていたが、運命に抗おうと必死に行動をしてみると、貴族間での権力争いや内戦、私の知らなかった裏社会での抗争などに直面し、自分の立場がどれほど不安定なものかを嫌というほど分からされた。

「…………」

——そしてまた一つ。私の知らなかった教団による帝国侵攻の真実が明らかとなった。

「殿下ッ！　亡くなった司祭の所持品を検査したところこれが！」

兵士が手に持っていたのは、採掘場で盗まれたであろう神魔の宝珠だった。

それも一つではない。司祭と思《おぼ》しき者たちが複数個所持していたのだ。

「これは、教団がディルスト地方に攻めてきた理由になるのかしら」

「帝国のこの地域でしか取れない希少な宝石『神魔の宝珠』を手にするために、大掛かりな軍勢を仕向けてきたということですか？」

「真意は分からないけれど、その線が濃厚だと思うわ」

結局、この戦いにおけるスヴェル教団側の侵攻理由に深い意味などなかった。

彼らはこの地にある神魔の宝珠を独占したかっただけなのだろう。


──でも、果たして本当にそうなのだろうか？


聖女レシアまで投入した教団側は、なんとしても戦いに勝利したかったはず。

それなのに聖女自身は教団兵たちを見捨ててあっさりと撤退した。

最後の瞬間……戦況を支配していたのは間違いなく聖女レシアだった。

アルディアの剣は彼女には通らず、私の魔術も全て相殺され、教団側には神獣が二体とも健在。

「……どうして？」

彼女にはこちらを完全に潰すために畳み掛ける選択肢があった。

撤退などしないで、聖女の力で全てを粉砕できたはずだ。にもかかわらず彼女はそれをしなかった。

『運命に抗う愚かな選定者たちよ。近いうちにまた会いましょう』

再会を誓う言葉。

敵であるはずの彼女が何故《なぜ》か、楽しげに微笑《ほほえ》んだのが一瞬見えた。

——聖女はこの戦いを敗北だと思っていない。彼女の目的は達せられた？

上機嫌で退いた聖女の真意が私には理解ができない。

「分からないわ……」

「え？」

「……独り言よ。気にしないで」

謎は深まるばかり——彼女は私たちが破滅した世界を知っていた。

同じく記憶を持っていた。だとすれば彼女も一度死んでここにいるのだろうか。

歴史を狂わす私たち選定者を排除しようと動いていたのだろうか。

……いやそれなら、あの有利な状況で退いた意味が分からない。

『心は力の源……想《おも》いが強ければ強いほど、力は無限に増大し続ける』

聖女はアルディアの持つ特別な力について詳しいことを知っている？

『……強大な力を育んでくれる感情は、いつだって不安定。だから瘴気《しょうき》に飲まれやすい。過剰な力を欲すれば、いずれその身を滅ぼすでしょう』

戦いの最中で、聖女はアルディアの振り翳《かざ》した剣を片手で受け止めた。

そしてその瞬間、彼の周囲に纏《まと》わりついていた黒いオーラが一気に晴れた。

彼が使おうとしていた特別な力を聖女が何らかの方法を用いて散らしたのだ。

あの瞬間……私は正直ホッとした。

彼があの黒いオーラに飲み込まれてしまいそうで心配だった。

『貴方の力は確かに強い……私に一矢報いることが可能なほどよ。けれど、その力は不完全。誤っている。貴方が真に願うべきは、もっと別の感情。今のままでは運命に抗《あらが》うことはできないでしょうね』

――聖女は何故あんなことを言ったの？

彼女はアルディアを本気で倒しにいくというよりは、彼に語り掛ける場面が多かったように思う。

自身の力を私たちの限界付近に調整し、試すように戦っているようだった。

暴走する彼を諭し、力の扱いを指南するような余裕さえ垣間見《かいまみ》えた。

「聖女は何故、私たちを放置して立ち去ったの？　彼女なら単独でもディルスト地方侵攻を継続できたはず。引いた意味が分からないわ」

教団の目的は果たされなかったのに、彼女は特に困った様子を見せなかった。

聖女の行動にはいくつもの矛盾点があった。

アルディアや私の力に執着し、ディルスト地方の侵攻と、特設新鋭軍の殲滅《せんめつ》は二の次扱いしているようだった。

いくら考えても、彼女の思惑は読み解けない。

謎は一層と深まるばかりだった。

幕間二　第三陣営としての選択

選定者たちとの戦いから急いで逃走した私は、現場から遠く離れた場所で白蛇を地面から呼び出した。

「はぁ……危ないところだったわね」

神獣は目立つ。

全長十数メートルもの巨体が地上で移動していたら、すぐに上空から見られてしまったことだろう。

白蛇を土に潜らせ、私は転移の魔術で安全地帯に移動する。

追手の目も欺けるし、余計なリスクも取らなくて済む。

完璧な逃走の算段だったと我ながら思う。

「……派手に戦ってくれているはずの王国軍も崩壊し始めていたようだし、黒蛇がユーリス王子を回収できたかどうかだけが気掛りだわ」

土から頭だけを出した白蛇を撫《な》でながら、ソッと胸を撫で下ろす。

白蛇も上空からの殺気を感じていたのか、逃亡を指示したタイミングでは完全に怯《おび》え切っていた。

「ふふふ。流石《さすが》にあれ程の殺気を感じたら、逃げるしかないわよね？」

正直、あのまま戦っていれば私が負けることはなかった。

ヴァルトルーネ皇女の方は完全に魔力を切らしていたし、黒い騎士の子の方も能力を完全に消し飛ばした上で、身動きが取れないほど体力を消耗させていた。

――だから本当はもう少しだけ様子見しておきたかった。彼らの本気はまだまだあんなものじゃない。後少し強めに追い込んでいたら、もう一段階上の実力を引き出せていたはずだった。

けれどもそれは、上空から漂ってきた凄《すさ》まじい殺気によって拒まれてしまった。

あの殺気を無視して、二人との戦いに没頭していたら、私の後方で深傷《ふかで》を負っていた白蛇は難なく殺されていたことだろう。

それは私的に非常に困ることだ。

「あれは何者なのかしらね。騎竜に乗っていたみたいだけど、相当戦い慣れした動き方だったわ」

楽しい戦いに水を差したのは――ヴァルトルーネ皇女と黒い騎士の二人とは別の選定者。

私にだけ向けた激しい殺気。

きっと二人を助けにきた者の一人だろう。

最後の選定者は想定外だったが、思わぬ収穫でもあった。

「不完全な二人とは違って、最後の子は力を使いこなせていたわね……ひょっとしたら、記憶が戻って長いのかも。すぐに誰かを特定しないと」

殺気を感じて上空に視線を向けた時、一瞬見えた姿は黒い瘴気に包まれており、視認することすらできなかった。

「ふふ。あれは分かってて隠したのかしらね……中々面白いわ」

私の特性をよく理解している立ち回りだ。

瘴気や魔力の流れを視認できる私にとって、濃い魔力溜《だ》まりや瘴気が漂う場所は、そこに何があるかを分からなくさせる。

何かがいたり、あることは分かっても、それの正体を正確に摑《つか》むことができないのだ。

私の弱点を知った上で、濃い瘴気を身に纏って自身の正体の隠蔽を行った。

……でも選定者のヒントを一つだけ得られた。

「瘴気で正体を隠すということは、魔力があまりないのか……それとも魔術を使えない子なのかしらね。そもそも魔力があまりない者を演じるために瘴気を被《かぶ》っていたのなら、賢過ぎて推理のしようもないけれどね」

——帝国に集まった三人の選定者。俄然《がぜん》興味が湧いてきた。

彼らがどこまで成長し、どうしようもなく残酷な運命を打ち砕くことが果たしてできるのかどうか。

「また出会う日が楽しみだわ……あっ」

白蛇の横で選定者について考えていると、戦闘現場から逃亡した教団兵たちが遠くに見えた。流石に数だけで戦闘経験の少ない者たちなので、隊列は崩れ、散り散りに小走りで逃げている。

「……忘れていたわ。全滅していなかったのね」

こちらに逃げてくる教団兵たちを凝視すると、統率は完全に失われているが、教団軍を指揮していた司祭も何人か紛れ込んでいる。

「ちょうどよかったわ。沢山戦ってさぞ、お腹《なか》が空《す》いたことでしょう」

優しく語りかけると、白蛇は口を大きく開いて鋭い牙を見せる。

「ふふふ。そうよね……なら今から思う存分お腹を満たしましょうか」

教団兵たちは私と白蛇を見つけたのか、安心したような顔でこちらへと駆けてくる。

ああ、可哀想《かわいそう》に——この後自分たちがどうなるかも知らないで。

「さあ。好きなだけ……食い荒らしていいわ」

白蛇は再度地面に潜り、教団兵たちのいる方へと這《は》い進む。

そして地に亀裂を生み、下から突き上げるように容赦なく兵士を丸呑《まるの》みにしていった。

兵士を呑み込むたびに、白蛇の傷は段々と癒えてゆく。

「な、何で白蛇が俺たちを襲っ……！」

「た、助けてくれ!!」

安堵《あんど》の表情は恐怖へと塗り替えられ、白蛇に食い殺される恐怖に怯えた者たちは、抵抗することなく白蛇に食われる。

――最後に残ったのは、白蛇に片腕をもぎ取られ、満身創痍《まんしんそうい》の司祭だけだった。

「レシア様……どう、して」

司祭はおぼつかない足取りでこちらへ歩き、助けを求めるような眼差《まなざ》しを向けてくるが、私は彼から視線を逸《そ》らす。

司祭の背後からは涎《よだれ》を垂らした白蛇が迫っていた。

彼は巨大な影に覆われると、涙を流しながらこちらに手を伸ばす。

「たっ、助けてください……」

――ああ、本当に傑作ね。

助けを求める声に対して、私は口元に手を置きながら微笑む。

「司祭、ここまでありがとう。さようなら」

「――――ひっ!?」

司祭が短い悲鳴を漏らした直後、彼は頭から白蛇に嚙《か》み付かれ、多くの血を地面に流し、動かなくなった。

無惨にも細切れにされた肉片がその場には残る。

「終わりね……」

戦場でもなんでもない王国領へと続く道中には、数多《あまた》の死体が生まれることとなった。

身体《からだ》の一部が欠損しているものや、身元判別が難しいほど顔の損傷が激しいもの。

死因不明の死体たちに向けて、祈りを捧《ささ》げるように手を合わせる。

「……最初から生きて帰すつもりはなかったの。ごめんなさいね」

この場に残されたのは、私と白蛇だけだった。

教団軍は私以外全滅……スヴェル教団の幹部である司祭たちの多くも、この戦いで命を落とした。

教団にとってこの敗戦は、かなり苦しいことだと思う。

「ふふふ。よくやったわ……さあ、貴方《あなた》は暫《しばら》く静かな地で眠っておいで」

土を掘り上げ、地中に潜る白蛇を見送り、私は帰路に就く。

頬に飛び散った血を手で拭い、私はただ一人の生還者として教会へと帰還するのだ。

ディルスト地方における私の目的は果たされた。

選定者を見つけて実力を測り、邪魔な司祭たちを全て排除する。

――司教は今回の侵攻失敗にさぞお怒りになるでしょうけれど、まさか私が最後の教団兵たちを皆殺しにしたとは思わないはず。

今日という日は、司教の手下を違和感なく全員死に至らしめられる絶好の機会だった。

「……私利私欲を満たすためにこの私を利用しようだなんて、考えが甘過ぎるわ司教」

ディルスト地方にあるスヴェル教団兵の聖地奪還。

表向きはそんな理由だが、司教の狙いは別にある。

司教が多くの司祭をディルスト地方に派遣したのは、あの地に眠る『神魔の宝珠』を手に入れるため。

逆行する前の私は、司教が金目当ての浅はかな侵略を企てているのかくらいにしか考えていなかったが、今は神魔の宝珠を悪用し、世界秩序の崩壊に繋《つな》がるような大惨事を引き起こすことを既に知っている。

「私は私の目的を果たすしかないの……計画を邪魔する目障りな小悪党さんたちには、早めの退場をしてもらわないとね」

帝国で運命に抗い続ける選定者との戦いを前にして、私には排除すべき敵がいる。

――それは、腐敗したスヴェル教団上層部だ。

スヴェル様の名を悪用し、特権階級に属する司教は際限なく権威を振りかざす。

そんな彼の背後にくっつき、利権を貪ろうとする欲深な司祭たちもまた同罪だ。

私は彼らのような人の姿形をした醜い化け物を決して、野放しにはしない。

いつの日か、スヴェル様から承った使命を成し遂げるために、障害は一つずつ確実に取り除く。

「……さてと」

まずは教団軍の敗北を司教に知らせるとしましょう。

司教は目的を果たせなかったことに苛立《いらだ》ち、私に罵《ば》詈《り》雑言《ぞうごん》を浴びせてくるはず……でも私にとっては、その取り乱した様子を拝めるだけで、十分な成果となる。

帰路は孤独な一人歩き。

血生臭い戦場で戦ってきたとは思えないほどに、周囲は静寂に包まれていた。

さて、帰ったらどういう言い訳をしましょうか。

司教を欺くために私は深く考え込む……そして閃《ひらめ》いた。

——ああ、こういう筋書きはどうだろうか。

『ディルスト地方侵攻、唯一の生存者であるか弱き聖女は、血と悲鳴が飛び交う地獄のような戦場で奇跡的に生き残った。命からがら教会へと逃げ帰るが、多くの仲間たちを失い、聖女は悲しみに暮れる。心的負担により、聖女の務めが果たせなくなった聖女は、しばらくの間、療養として教会を離れることとなった』

これなら私は教会の監視の目を離れて、自由に動き回れる。

司教も私が使い物にならないと判断すれば、簡単に切り捨てるはず。

「……となると、私は病んだ演技をしなければ、ね」

教会に辿《たど》り着くまで、時間はたっぷりある。

それまでになんとしても、悲劇の聖女を演じる準備を整えなければ。

「ああ、私だけ生き残るなんてなんてことなの……これはちょっとわざとらしいわ」

「もう嫌よ。誰かが傷付く姿を私は見たくないわ……駄目ね。これは感情が入らない」

「ごめんなさい。ごめんなさい。ごめんなさい。ごめんなさい。ごめんなさい。……ああ、これなら無表情なままでも心が壊れてしまったと解釈させられるかしら？」

試行錯誤を繰り返し、私は最適な病みの演技を探し続けるのだった。

第三章　反対勢力殲滅作戦

1

ディルスト地方の北東部にて突如起こった戦乱。

殺し殺される地獄のような環境で特設新鋭軍の本隊が果敢に王国軍に挑む中、郊外にある反皇女派貴族が集まっている小さな街でも事件が起ころうとしていた。

「あっつ〜い！　誰か〜水ちょうだい」

汗を拭いながら、部下に飲み物を要求していると、背後から盛大なため息が吐き出された。

「はぁ。もうすぐ作戦開始だというのに緊張感の欠片《かけら》もないな」

ゲルレシフ公爵家次男のリーノスは、王国軍の制服を着込み、口元を布で覆い隠した状態で茂みに待機していた。

普段は派手な貴族らしい服装である彼が、息を殺して潜伏しているのは中々シュールな光景である。

対する俺は、堂々と広場のベンチで寛《くつろ》いでいるのだった。

「いいじゃん別に。てかさ、そんなところに隠れてないで出て来たら？　まだ作戦開始五分前だよ？」

「開始五分前なんだから、貴様はさっさと着替えろよ」

「え～」

「え～じゃない。まったく、何故《なぜ》お前の部下は誰も咎《とが》めない……ここには馬鹿しかいないのか？」

なんとも口の悪い貴族令息だ。特設新鋭軍に入っていなかったら、面白半分で殺していたかもしれない。しかし彼とは友好的に接するよう、お兄さんから念を押されている。

小言の多いリーノスの指示に渋々従い、人目につかない場所で王国軍の制服を着込んだ。

――うーん。余計に暑い。

「誰か～冷たい水～」

「どうぞ」

「うん。あんがとね～♪」

水筒に入った冷水を飲み干す。

「こいつ……」

「こまめな水分補給は特設新鋭軍の基本行動ですけど何かぁ？」

リーノスと共に数日間作戦準備を行ってきたが、やはりソリが合わない。

――この任務が終わったら、お兄さんに協働拒否の意思表示でもしよっと。

「おい。時間だぞ。ダラダラしてないでサッサと動け！」

「はーい」

「返事は伸ばすな！」

やっぱり貴族とは相容《あいい》れないなと思う今日この頃だった。

2

反皇女派貴族たちの会合が行われるのは、街の中心から遠く離れた山奥の山荘である。

本来なら人気のない場所なのだが、やはり派閥の中心人物が集まるということで、鋼鉄製のフル装備を着込んだ警備兵たちが各所を巡回している。

「一人、二人……いや六十人くらいいいない!?」

「数えるだけ無駄だ。端のヤツから順に始末していくぞ」

王国軍の制服で偽装しているとはいえ、人数の少ない俺たちは隠密《おんみつ》行動が基本だ。

「貴族のお坊ちゃんに息を潜めることが果たしてできるのか……」

「馬鹿にしているのか。少なくとも、貴様のように騒いだりはしないさ」

クールぶった顔付きで、彼は公爵家から連れて来た部下たちに指示を出す。

「お前たちは山荘の裏口付近を制圧しろ。正面入り口はこちらで何とかする」

「「はっ」」

偉そうに指示を出すリーノスを横目に、俺もまた部下たちに視線を向けた。

「街中で合図があったら作戦開始ね～。あっ！　ヘマしたら、どうなるか分かるよね？」

「「はいっ！」」

同じく俺の部下も散り散りに動き出す。

山荘の正面入り口付近の警備を倒すのは、俺とリーノスとその他数人だけだ。

「さぁて。ぱぱっとお仕事済ませちゃいますか」

「ふん。足を引っ張るなよ」

「それ、こっちのセリフね」

王国軍の行軍がこちらに向いたと、山荘内にいる者たちに思い込ませるべく、街中では帝国軍魔術師団長であるエピカが複数箇所の同時爆発とボヤ騒ぎを起こす予定だ。

それまでは息を潜める手筈《てはず》だが……。

「……鳴らないな」

「無音だ」

時間を過ぎても合図は一向に聞こえてこない。

――まさかあの人が時間を間違えるなんてないと思うし、これは何か問題あったかな？

不安になりつつも、念のため暫《しば》し待機する。

――うん。来たね。

待つこと約五分。

商店街が立ち並ぶ下街の方では、大きな爆発音と黒い煙が複数箇所で立ち上る。

派手な合図と共に、俺たちは一斉に動き出した。

「正面行くぜい！」

「出過ぎて死ぬなよ」

「ふふん！　そこら辺のリスク管理は完璧よ。なんたって、あの待ち時間の間で色々見てたからね」

視界共有の魔術は自分の視点を相手に映すだけでなく、他者の視点を自分が覗《のぞ》き見ることもできる。

対象は生物であれば制限はなく、この付近にいる虫や小動物なども含まれる。

敵の位置はありとあらゆる角度から確認しており、位置把握は完璧。

倒す順番も最適なものを考えついている。

「ふっ！」

「――っ！」

警備の兵士は声を出す前に倒す。

念のために彼らの口は手で強く塞ぎ、漏れ出る微《かす》かな音も遮断した。

「よし、次だ」

山荘周りの警備を一人、また一人と確実に処理していく。

我ながらかなり手際良く任務を進められた。

それにリーノスの方も、暗殺者をやっていたんじゃないかと思うくらい器用な立ち回りで、敵を静かに仕留めてゆく。

「へー。中々やるじゃん」

「これくらい当然だ」

鼻につく態度は変わらずだが、実力が伴っているので、最初ほど嫌な感じはしなかった。どうやら口だけのお坊ちゃんではないらしい。

「さて。ここらは全員片付けたが、次は内部に突入するのか？」

血気盛んなリーノスは、短刀を構えて今にも行きたそうにこちらを見てくる。けれど俺は、彼の肩に手を置いて、人差し指を左右に振る。

「へへん。そんな面倒なことはしないよ。ほら見て。うちの部下たちが秘密兵器を持ってきた」

「秘密兵器……？」

「うん。密室の中に留《とど》まる人間を一網打尽にしてくれるラッキーアイテム！」

俺は部下にとある物を持ってくるよう指示を出す。

彼らは手早く移動し、手のひらサイズのお香を四つほど持ってきた。

「これは何だ？」

「へへ～気になってるところ悪いけど、匂いを嗅いじゃダメだよ。即死しちゃうから」

ふざけ半分に脅してみると、リーノスとその部下たちは鼻と口を覆い隠し、二、三歩後《あと》退《ずさ》る。

「あははっ！　怯《おび》え過ぎだって～即死は嘘《うそ》。ちょーっと手足が痺《しび》れて動けなくなるだけだよ」

「……貴様、毒を持ってきたなら先に伝えておけ。誤って使っていたら大惨事だったぞ」

「ごめんごめん。普通に忘れてたんだって」

笑って誤魔化しても、彼からの視線は依然鋭い。

そんなにキレなくてもいいじゃんか。別に被害出てるわけじゃないんだし。

これは『アシッド香箱』。

俺らの暮らしていた貧民街で流通している護身用アイテムの一つだ。

厳重に鍵の付いた超危険物であり、この中に入っている毒素を吸い込めば、人は一瞬で気を失い、更に吸い続けると最悪死に至る代物である。

「今回はこれを使って、山荘の中にいる者たちを全員仕留めちゃうよ」

「ファディ。各部屋の換気口は全て塞いどいたぜ。窓も開かないように細工してあるし、準備完了だ」

「おー仕事が速いね！」

外の敵を殲滅《せんめつ》した後は、この香箱にある毒素を山荘に流し込めば作戦完了。

余計なリスクを負わずして、邪魔者を抹殺できるのだ。

「あーあ。簡単なお仕事だね♪」

「油断していると足を掬《すく》われるぞ?」

「油断なんてしてないよ。さっ、香箱を開けるよ。使い方を知らない人は遠くに離れてね」

香箱の鍵を開けて、俺はそれを山荘の内側に投げ入れた。

他の部下たちも同様に香箱を山荘の至る所に入れ込んでゆく。

「さてと。ここからは待つだけだよ」

山荘の前に腰を下ろすと、リーノスはこちらを見ながら肩を竦《すく》めて深く息を吐き出した。

「俺はこの作戦にそこまで必要じゃなかったわけか」

そう告げる彼は心なしか不満気だった。

確かに彼自身はこの作戦で山荘の外側にいる警備を数人排除しただけ。

この作戦は大掛かりな大粛清である割に、そこまで人員を割かなくてもいい任務だった。

けれど、リーノスをこの任務に作戦段階から組み入れたのは、お兄さんの思惑が根強く影響している。

「いや。リーノスさんはこの作戦に必要な存在だったよ」

「俺は特に何もしていないが?」

「直接はね……でも、これでゲルレシフ公爵家次男は、反皇女派貴族殺しの共犯さ」

リーノスは黙り込み、何を今更と言ったような顔をしている。

「……それがどうした? 分かりきっていたことだろう?」

「いや。お兄さんは用心深いんだよ。もしもこの作戦が敵に漏れていて、失敗するようなことがあれば、外部の協力者を真っ先に疑うだろうね」

ある意味これは、リーノスとエピカが協力者に足る存在かどうかのテストを兼ねているものだった。

だから二人には数人の監視を付け、作戦中の行動を見張らせていた。

反皇女派貴族の排除を目的にしていたのは事実だが、仲間内に裏切り者がいないか炙《あぶ》り出すことこそが、お兄さんが望んでいたこと。

そして今回の件で、裏切り者はいなかった……と分かった。

「そうか……それで、俺に対する評価はどうなった？」

「今回の真面目な取り組みを考慮して、今後も協力関係を継続したい……それがこちらの結論かな」

彼含め、帝国軍に属しているエピカ将軍も今回の作戦に尽力してくれた。

新たな帝国の礎を作る協力者として、これから共に仕事をすることがあるかもしれない。

「改めてこれからよろしくね。リーノスさん」

「………………」

親交の証《あかし》に手を差し出す。

リーノスは試されていたのがやや気に入らないようだったが、

「ふん。これも目的のためだ。馴《な》れ合う気はないが、今後も手を貸すことは誓ってやる」

彼からも協力関係継続の言質を取った。

ここから先は彼に対する監視も必要なくなり、気持ちも楽になった。

リーノスは握手こそ交わしてくれなかったが、なんだかんだ最後まで裏切らなそうな感じがして、軽口もより叩《たた》き易《やす》くなった。

「よっし！　じゃあ仲も深まったところで任務の仕上げに入っちゃおう！　山荘の中にいる人間は多分気を失っているよ！」

「おい。決して俺とお前の仲が深まったわけじゃないぞ！　勝手に盛り上がるな！」

「ほらほら、そうカリカリしないでさぁ。置いてくよ〜？」

それに口は悪いけど、素直に言うこと聞いてくれるし。

仕事仲間としてはかなり評価が高いんじゃないかと思うこの頃だった。

3

毒素の充満した狭い空間。

山荘の入り口をゆっくり開くと、静かな廊下が奥まで続いていた。

「おい。もう入って大丈夫なんだろうな？」

「毒素の有効時間は数分だけだし、換気も済ませたから行けると思うよ……多分」

「おい……」

俺も詳しくは知らない。

何故《なぜ》ならこんなものは使ったことがないからだ。

大量の人を殺す時、正体を隠すような立ち回りを今までしてこなかった。

万が一犯行がバレて、追手が俺の命を狙ってきていても、返り討ちにできる自信があったから。

……しかし今は状況が変わり、ヴァルトルーネ皇女直属の軍事組織に属している身。

これまでのように犯罪行為を堂々とやれなくなった。

「足が付かないようにするのは大変なんだよ。色々考えることが多いし、把握していないこともあるでしょう」

「命に関わることとくらい知っておけ。馬鹿」

「そこはほら、部下が優秀だからさ……」

部下へ視線を移し、助けを求めると。

「香箱の効果は既に切れているはず。心配する必要はないです」

「ほら！　大丈夫じゃん！」

便乗するようにドヤ顔でリーノスを指差すと、彼は俺の手を軽く払いのける。

「お前は何も知らなかっただろ。偉そうにするな……」

リーノスの抱く俺への好感度がやや降下したのを感じながらも、黙々と山荘内部へと足を進める。

「……よし。ちゃんと全滅してる」

中の警備は口から泡を吹いて失神しており、大きめの会議室で密会を行っていた反皇女派貴族たちも机上に伏したまま動かなくなっていた。

「さっさとトドメを刺して帰るよ」

懐から短刀を取り出して、俺は意識を失っている貴族の首筋へと刃を入れる。

叫ぶこともできず、楽に死ねるのだから、苦しんだり、怯えながら死ぬよりは幸せな最期だろう。

「……ファディ。こっちは全員刺殺した」

「はーい。お疲れ様……リスト確認して、誰殺したのか記録しといてね」

ものの数分で反皇女派貴族を大量に始末できた。

上々の結果と言える。

――ただ、完璧とは言えないこともあり。

「……フェルシュドルフ公爵は代理人出席のため不在、か」

一番の標的であり、反皇女派貴族のトップであるフェルシュドルフ公爵は殺すことができなかった。

「あの男は慎重だからな。こういう密会の場にも自分で赴くことは少ない」

「うーん……まあ、じゃあ仕方ないね」

リストを参照している限り、フェルシュドルフ公爵以外の上位貴族は概《おおむ》ねこの場で始末できた。

にしても王国軍の脅威が迫るかもしれないって時に密会を行うなんて、こいつらは何を考えていたのだろう。

机上には一人一つの書類の束が置かれており、俺はその内の一つを手に取った。

「賄賂……王国との内通……教会との共同事業……ふーん。色々と企《たくら》んでたんだ」

資料を読み進めていくと、彼らが王国軍や教団軍の侵攻を脅威と考えておらず、最低限の警戒だけして、この場で密会していた理由が浮かび上がる。

彼らには王国軍と教団によるディルスト地方襲撃は事前に周知されていた。

皇女が帝国領襲撃の対応に追われるはずの今日こそが、密会するに丁度いいと考えたのだろう。

反皇女派貴族の中に、王国や教団と通じている者がいるというのは、容易に透けた。

俺はさらに資料を読み進める。

「神魔の宝珠……瘴気《しょうき》……永遠の命……狂瘴《きょうしょう》剤《ざい》の開発……被験体の失敗事例……」

読めば読むほど、世界の闇に片足を突っ込んでいるような気分になる。

白煙《はくえん》の蜥蜴《とかげ》で活動していた時も、ここまで物騒な薬のレシピは見たことがない。

「なんだよこれ……というかちょっと待て。この被験体の男、どこかで見たような……」

大柄で筋肉質な大男の模写。

肌は適度に焼けて色黒で、頭部には毛髪が一切ない。

「こいつ。リゲル侯爵領で暴れてた男か……！」

資料にはとんでもないことが赤裸々に書かれていた。

【狂瘴剤の被験体二十八人目――ノート＝レディシパルト。

リゲル侯爵領内での犯罪行為により、収監されていた大罪人。

狂瘴剤の投与により、重度の凶暴化と自我の喪失あり。

戦略兵器として皇女率いる特設新鋭軍との戦いに実験投入。

専属騎士アルディアと旧帝国軍兵士リツィアレイテに殺害されるが、敵兵士を大量虐殺したのを確認。

狂瘴剤は肉体強化に効果的であると判断。

狂瘴剤の実用化に向けて王国との業務提携を計画し、新たな被験者を確保する予定……】

ありゃりゃ……マジですか、これ。

「おい。いつまでここにいる気だ。さっさと出るぞ」

「……ちょっとこれ見てよ」

「ん？」

リーノスに密会場所にあった書類の束を渡す。

彼は少し面倒くさそうに受け取ったが、内容を読み進めていくにつれて、その気怠《けだる》そうな瞳は真剣な眼差《まなざ》しへと変わっていった。

「……これ、嘘《うそ》じゃないだろうな」

読み終えたリーノスは書類にシワができるほど強く握り、こちらに書類の内容に関してその真偽を問う。

「さあね。でもこんなにも反皇女派貴族の重鎮を集めて、フェイク情報を共有しようとするかな？」

「するわけがない……このクズどもめ。帝国貴族の誇りすら忘れたのか!?」

彼の言葉の端々からは軽蔑の感情が溢《あふ》れ出ていた。

皇帝に内緒で王国と内通し、怪しげな軍事実験を進めていた件。

これは覆りようのない反逆の証拠であると言える。

「告発すれば、俺たちが手を汚さずとも簡単にコイツらを排除できるだろうね……」

「今すぐにでも皇帝陛下に伝えてしまいたい……だが」

リーノスは顔を手で押さえて深く息を吐いた。

「これは反対勢力の排除をした上で得た情報だ。この件を陛下に伝えるのであれば、俺たちが暗躍していた件に関しても追及される可能性がある」

「それはヴァルトルーネ様の迷惑になるかもしれないね」

「ああ。幸いにもヤツらの企みを細部まで知ることができた。内々で解決できるのなら、それに越したことはないだろう」

――貴族連中の暗殺だけかと思ったら、とんだ厄介ごとを知ることになるなんてね。

これは単なる派閥問題ではなく、帝国の根幹を揺るがしかねない問題だ。

「ここにある資料は全部持ち帰るよ。机の上の書類を掻《か》き集めて」

「ファディ。俺は兄上に頼み込み、ゲルレシフ公爵家の威信を賭けて、狂瘴剤についての調査を行う。分かったことがあれば、すぐに共有しよう」

「ありがとうね。なら俺らは王国と繋《つな》がっている関係者を洗い出すよ。お兄さんにも報告して、内通者の排除を徹底的にやらないと」

俺とリーノスは、部下に指示を出して、山荘内部にある反皇女派貴族の企みに関係ありそうな物品を次々に掻き集めた。

探せば探すほど見つかる黒い証拠。

――これは忙しくなりそうだわ。反皇女派貴族の企みを打破すべく、今まで以上に活発に動き回らなければいけなくなった。

「ファディ。回収終わったよ」

「よし、なら急いでここから出るよ。外にいる連中に火を放つ用意をしろって伝えて」

小走りで部屋から出ていく部下を見送ってから、俺も後を追って山荘から外に出た。

全員が山荘の外に出たのを確認して、襲撃の証拠を残さないために、山荘へ火を放つ。

火はすぐに燃え広がり、やがて山荘全体を覆い尽くした。

本来の計画では、敵対派閥の中心人物を一挙に殺したことで任務は完了。

燃え盛る山荘と真っ黒な煙。崩れ落ちる木製の骨組みが、大きな倒壊音を立てながら灰を舞い上げる。

「……これで終わると思ったんだけどなぁ」

燃えて朽ち果ててゆく山荘を眺めながら呟《つぶや》く。

終わりに相応《ふさわ》しい業火は、新たな任務の始まりに過ぎないものとなった。

「色々面倒だなぁ」

「仕方がないだろう。こうなった以上は見過ごせない」

いつの間にか横に立っていたリーノスは、腕を組みながら資料を懐に仕舞う。

「ヤツらを潰す口実が一つ増えた。それだけのことだ」

「まあねぇ……」

任務の完了報告だけでなく、別件の仕事が増えてしまった。

少しばかり面倒ではあるものの、直近二週間くらいは暇を持て余していたところだ。

鈍った身体《からだ》を動かすのには丁度いい。

――さてと。久しぶりに、俺の本領を披露しますか。

燃え盛る山荘を背に、俺たちはその場を去る。

特設新鋭軍の諜報《ちょうほう》部隊のリーダーとして、これから先もヴァルトルーネ様やお兄さんを支えていこう。

そして一旦は、新しく得た戦果を無事に持ち帰り、次の任務まで英気を養うとしようか。

第四章　大軍勢を退ける若き精鋭たち

1

任された戦場はあまりにも苦しい瞬間ばかりだった。

開戦直後、あまりに多くの王国兵に圧倒され、焦った兵士たちがバラバラに戦い出し、統率が取れないまま倒れていった。

計画通りに物事が進まないことに危機感を覚えたが、戦いは既に始まっていて、今更何を嘆いても意味はない。

「……リツィアレイテ将軍。前線はほぼ壊滅かと……待機中の全部隊投入をどうかご命令ください」

上空で索敵に専念していた騎竜《キリユウ》兵たちも、地上の惨状を見かねて、戦闘行動に移っている。それが命を捨てるような無謀な降下だったとしても、彼らは次々と命を散らしてゆく。

「全戦力を投入しても、今の状態では無駄に兵を失うのが目に見えています」

「ですが、それだと王国軍をなんとか止めている前線の兵たちが犠牲になってしまいます」

「それは……」

――この場面における正解は何だろうか。

ヴァルトルーネ様は別の任務に出ていて不在。

特設新鋭軍の全権は私に委ねられている。

「ペトラの居場所は？」

「前線は混戦し過ぎてて、どこに敵味方がいるか区別すら付きません……」

今回勝利の鍵を握っているのは魔道具の発動だ。

ディルスト地方に仕掛けられた大量の爆破魔道具――それらの発動を指示できるのは、現状ペトラただ一人。

――彼女をもっと後方に配置すべきだったわ。

敵の攻勢がここまで激しいと分かっていたら、もう少し守備意識の強い陣形を築くべきだった。

敵の数を少しでも減らしたいという欲が出て、貴重な魔術師たちを比較的前の方へと配置してしまった。

「リツィアレイテ将軍。次のご指示を……」

「…………」

敵軍は既に特設新鋭軍の戦線を破壊した。

このまま兵士たちが死に続け、王国軍の侵攻を妨げることができなくなったら、付近一帯は一気に王国軍の手に渡る。

「私が前線に出るしかないのかしら？」

時は刻一刻と過ぎて行く。決断を下さなければ、犠牲が増えるだけだ。

「……まだ待機よ！」

「た、待機ですか!?」

「ええ。待機です」

悩みに悩み抜いた後に出した結論は、まだ戦闘への介入は行わないということ。

苦しい戦況であることは確かだが、今ここで私が動いてしまうと、王国軍を一網打尽にする計画そのものが消し炭になるかもしれない。

「しかしリツィアレイテ将軍。前線はもう持ち堪《こた》えられませんよ!?」

「ギリギリの状況だということはもちろん理解しています……でも」

一旦冷静になって考えた時、ペトラが生存している可能性を摘んではならないと思った。まだ特設新鋭軍は逆転の芽を持っている。

確かに戦線全域で王国軍に押し込まれてはいるものの、これも全て彼女が立てた計画なのであれば、私が変に水を差すのはよくないことだろう。

敵を引き寄せて、魔道具の爆破によって一気に吹き飛ばす。

ペトラが指示を出し、魔道具によって敵の大軍勢を殲滅《せんめつ》できるのであれば、勝機がある。

——貴女《あなた》に賭けますよ、ペトラ。

「全兵士たちに告ぐ。残存戦力を総投入することはなく、我々は引き続き、第二、第三防衛線の維持を続ける。我々が前線に介入するのは、魔道具による大爆破の後です。騎竜兵たちにも極力戦闘への介入を控えるように伝えなさい！」

「「「はっ！」」」

これでいいはずだ。

もしもこの判断が間違っていたなら、その時は私が全責任を負って、特設新鋭軍を率いる立場から退くとしよう。

「皆のことを信じていますよ」

2

特設新鋭軍ディルスト地方第一防衛線後方陣地にて。

ディルスト地方に攻め込んできた王国軍を正面から一番に迎え撃つディルスト地方第一防衛線。この場所で指揮を任されたのは、他でもないこの私——ペトラ＝ファーバンだった。

敵軍の侵攻を阻み、魔道具の爆破によって迅速な敵勢力に半壊以上の大損害を与える。これが私に課せられた使命の一つだ。

視界一面に広がる茶色い砂煙は、ディルスト地方の平野を覆い尽くし、どこにどれだけの敵兵士が固まっているのかすら判別が付かない。

確実に言えることは、敵戦力はこちらを圧倒的に凌《しの》ぐほどのものということ。

進軍する敵軍勢が現れた瞬間、その勢いを完全に封じ込めることは不可能だと悟った。

「おいおいペトラ。あんな数に勝てねぇだろ……王国軍多過ぎ」

「文句を言うんじゃない」

「け、けどさぁ……」

スティアーノは弱気な表情で頭を掻きながら、最前線での戦況をじっと見つめる。

視線の先にあったのは、特設新鋭軍の一部隊が王国軍の大軍勢に大した抵抗もできずに、蹂躙《じゅうりん》されている光景だった。

スティアーノの顔色はすぐに青く染まり、誰が見ても分かるくらいに動揺している。

「うわぁ……アレ、一瞬で踏み潰されてね」

「みたいね」

「みたいねって……このままだと、この陣地にも敵が攻め込んでくるぞ」

彼は落ち着きなく同じ場所をぐるぐると歩き回る。

何を焦っているのやら。

王国軍の数がこちらよりも圧倒的に多く、真っ向勝負を仕掛けても侵攻を抑えるのは困難なことくらい最初から分かり切っていた。

私たちが考えるべきことは、どれだけ多くの王国兵を魔道具の爆破で飛ばせるか……この一点だけだろう。

「もう目先でチョロチョロされると目障りなのよ！　少しは落ち着きなさい！」

「いや、だってさぁ……」

「そんなに怯《おび》えなくてもこっちには魔道具があるの。いい感じのタイミングで王国軍の主力を消し飛ばすことができれば、形勢は簡単に覆るわ」

「とは言っても、いつこの形勢を覆すんだ？　普通に突破されるだけに見えるぞ」

ステイアーノは戦場で戦線が少しずつ崩れてゆく様を指差して示す。

確かに酷《ひど》い有様だ。

どれだけこちら側が王国軍の侵攻を止めようと踏ん張ったところで、数の暴力には勝てず、部隊は一つ一つ潰されてしまっている。

このままだと、王国軍は広範囲に分散したまま。

特設新鋭軍は数に押されて普通に負けてしまうことが予想できた。

「……魔道具を使うにはまだ敵軍を誘い込みきれてないわ。もう少し爆破範囲内に多くの敵兵を集めないと」

各個撃破されている状況が続いてしまうと、戦線維持は困難になり、いずれ一斉に陣形が崩壊する。

前線を立て直すために、少しでも時間を稼がなくては。

「スティアーノ。騎竜兵たちに空襲を仕掛けるよう合図を出して……このまま好き放題やらせてたら、魔道具での一掃も厳しくなっちゃうわ」

「おっけ。発煙の魔道具使えばいいんだよな？」

「ええ。煙の色が赤色のものよ。間違えないで」

スティアーノに指示を出した後に、私は近くにいる魔術師たちを集める。

「全員集合」

呼ばれた魔術師たちは皆一様に不安げな面持ちである。

「ペトラさん、どうするんですか」

「ちょっと厳しいと思いますよ」

「私たち、このまま殺されちゃうのかな？」

どうしてこうも弱気なのだろうか。

どれほど逆境に立たされていたとしても、こちらには一発逆転の勝ち目があるというのに。私は咳払《せきばら》いを一つ挟み、それから魔術師たち全員に視線を送る。

「全員落ち着きなさい。まだ私たちが負けると決まったわけじゃないわ」

励ましの言葉を掛けてみるがイマイチ効果がないようだ。

言葉で語ったところで、目の前に広がる惨状を見られてしまっては、鼓舞することも難しいらしい。

――ならこの際、彼らが弱腰になることへは目を瞑《つぶ》ろう。

「そこの貴方《あなた》」

「え、はい」

「私の代理として、魔道具爆破タイミングの指示を任せるわ！」

「えっ……!?」

戸惑う魔術師に対して、私は続けて告げる。

「私は最前線に立ち、勢い付いている敵兵を片っ端から潰しに行く。魔道具爆破の指示をしている暇はないと思うから、貴方に託すということよ」

「ちょっ、それは本気なんですか!?」

「本気よ。別に不思議がることじゃないでしょ。これが最善だと私が判断しただけのことなんだから」

魔術師として最前線に立ち、迫り来る敵兵を順序立てて確実に倒すのは、簡単なことじゃない。現に特設新鋭軍に所属している魔術師の多くは若い者が多く、前衛兵士が身の安全を保障してくれる上での立ち回りしか知らない。

――でも私なら、敵の多い危険な戦場において、リスク管理を的確に行える。士官学校では実戦を想定した魔術師の戦い方を何度も経験した。

これまで学んだことを私なら最大限に活《い》かすことができる。

「爆破の指示は誰にでも出せるわ。一人で責任を負うのが嫌なら、ここにいる者たち全員と話し合って、適切なタイミングで魔道具を発動させなさい」

「待ってください。じゃあペトラさんは本当に……」

「当然、前線の兵たちに交じって戦うわ」

私の言葉に魔術師たちは一同揃《そろ》って、行かないで欲しいかのような微妙な顔をした。

「そんな。危険過ぎますよ……」

「ペトラさんが死んだら、ここの第一防衛線は本当の意味で終わりですって」

「考え直してください！」

口々に発せられる前線行き阻止の声。

それでも私の意思は変わらなかった。

「悪いけど、何を言われようと私は行くわよ」

魔道具の爆破を行う指示をするのは私でなくてもいい。

魔術師全員に魔道具の発動方法は共有してあるし、そもそも私が指示役を任されたのは、以前のリゲル侯爵領での戦いにおいて、多くの敵兵を倒した功績が認められたからだ。

指揮官としてではなく、兵士としての素質を評価されているのであれば、逆に私は最前線に出て戦った方が絶対にいい。

「やっぱりここでジッとしているよりも、私は積極的に戦う方が向いているのよね……」

「で、ですが一人で行くのは無謀過ぎますよ……」

無謀と言われれば、確かにそうかもしれない。魔術師は前衛の兵士を後方からサポートするのが主であり、わざわざ矢面に立って戦闘を繰り広げることはしない。

それでも私は決して折れるつもりはない。

「……はっきり言って、今の戦況で特設新鋭軍が王国軍に勝つ可能性は相当低いわ。魔道具による敵兵一掃も、魔道具を仕掛けたエリアに王国軍を多く誘えなければ意味がないもの」

現状の王国軍は特設新鋭軍と戦闘を繰り広げながらも、後方にはまだ多くの余剰戦力を置いている。できれば後方に待機させている敵戦力も全て前線に投入させて、魔道具で一気に飛ばしておきたい。

「あの前線は長く持ち堪えられない……だからこそ、私が敵兵を魔術で蹴散らし、敵に圧力を掛けるのよ。ここで全力を出さなければ、押し返されると敵軍に思わせるためにね」

こちらの思惑に敵が釣られて、全戦力を投じてくれれば、こちらは確実に魔道具で敵の大多数を吹き飛ばせる。

そうなれば勝利の確率が大幅に上がるのだ。

「私は一度だって負ける気はない。それでも、勝てる確率は高い方が嬉《うれ》しいわ」

私の言葉を聞いて、スティアーノもまた「そうだな」と同意して、前線の方へと歩き出した。

「……え。もしかしてアンタも行く気？」

「もしかしなくても行くって分かるだろ。俺たち何年の付き合いだと思ってんだよ」

「何カッコつけてんのよ。私との付き合いなんて、士官学校の頃からの六年程度じゃないの」

　まるで何十年も共に過ごしてきた相棒みたいな言い草だが、視線を交わすだけで意思疎通が図れるほどの年月は過ぎていない。

　それでも彼は頭を掻きながら、口を尖《とが》らせる。

「六年だって俺たちにとっては十分長いだろうよ」

「……そうかしら」

　冗談っぽくとぼけた顔をすると、彼は「おい」と軽いツッコミを入れた。

　こちらは茶化したつもりだったが、スティアーノは真剣な面持ちを崩さず、気張ったような笑顔を見せる。

「……一緒に戦わせろよ。俺だって全くの役立たずじゃないんだぜ？」

「別にアンタを役立たずなんて一度も思ったことないけど」

「んえ!?　でもいつもバカだバカだって言ってくるじゃんか」

「軽口に決まっているでしょ。事実だけど」

「フォローになってないんだけど。ペトラさーん？」

　間抜けな顔だ。

　スティアーノのことをこれまで冷たくあしらう機会は多かったが、それは彼への信頼があってこそだ。でなければ、私がこんなに長く同じ人と関わり合うことはない。

　目を大きく見開き、こちらに視線を向けたままのスティアーノの脛《すね》を軽く蹴飛ばし、人差し指でさっさと来いとジェスチャーする。

「ほらボーッと立ってないで、行くんでしょ？」

「あ、ああ！」

私が歩き出すと、スティアーノもすぐに小走りで追いついてくる。

「ちょっと、ペトラさん!?」

「スティアーノと前線に行ってくる。魔道具の発動は全部任せたから」

私は一切振り返らず、真《ま》っ直《す》ぐ戦場を見据えながら後方にいる魔術師たちに、魔道具発動の全権を移譲した。

恐らく大勢の兵を率いる上官として、この行いは失格なのかもしれない。

けれどもこれで勝てるなら私はなんだって構わない。経歴に泥が付くくらいどうでもいい。大事なのは選んだ過程が最良の結果に繫《つな》がるかどうかだけだ。

「いいのか？　あいつら全員、ペトラのことを頼りにしてるっぽかったけど」

「心配しなくてもあの子たちなら問題なくやれるわ……それに、こんな小娘が偉そうに後方腕組み指揮官やってるなんて似合わないでしょう？」

そもそもあの魔術師たちは私より年上だし、兵士としての経験も私より長い。

士官学校を卒業したばかりの年下にこき使われるなんて、彼らも少なからず抵抗があったはずだ。

「自由に伸び伸び動けて、あの子たちもやりやすいでしょ」

「おい。それ多分職務放棄ってやつだぞ」

「職務放棄じゃないわよ。重要な仕事はちゃんと引き継いだし」

「あれは押し付けだろ……ってまあ、今更何言っても仕方ないか」

スティアーノは諦めたように肩を竦《すく》めて、さりげなく私の前に出た。

剣を引き抜き、周囲に目を光らせる様は、立派な騎士そのものだ。

「アンタ、私のことしっかり守りなさいよ」

「あいよ。ペトラ様の仰せのままに」

「……あと、私から借りたお金も後でちゃんと返してよね」

「今それを言うのかよ……」

あからさまに肩を落とす仕草を取るスティアーノ。

何を本気で落ち込んでいるんだか……こんなのは冗談に決まっているでしょうに。私と付き合いが長いことを自称するなら、言葉の真意くらい読み解きなさい。

察しが悪いので、私は仕方なく直接伝えたかったことを告げることにした。

「つまりね」

「ん？」

「私の許可なく絶対に死ぬなってこと。必ず生きて二人とも帰るわよ」

言い終わり彼の反応を窺《うかが》うと、またも間抜けな顔で顔を赤く染めていた。

「……いや。突然のデレに困惑なんだが？」

「はぁ？」

「え、その反応はもしかして、マジで金返してないこと怒ってんの!?　声のトーン怖いんだけど」

　ああもう、この馬鹿は全く……少しは空気を読んで、大人しく「うん」とか「はい」で会話を終わらせなよ。余計なことを言う辺り、この男は女心がまるで分かっていない。

「……はぁ、この馬鹿にはやっぱり伝わらないか」

「ちょっ、何怒ってんだよ。金借りたことは謝るからさ」

「もうその話を引っ張るんじゃない。黙って周囲を警戒してなさい」

「うぅ、理不尽だ……」

　何が「理不尽だ」よ。

　私は大切な仲間として、スティアーノのことを信じていると伝えたかっただけなのに。

　開口一番で「デレに困惑」って何よ!?

　私がいつどこでデレてたと？　どこをどう考えても鼓舞以外ないでしょ！

　こんな言葉がデレていると言われるのなら、私は誰に対しても節操なく、デレている八方美人なアホ女になるじゃない。

　ないわ……流石《さすが》に今のはない。

　信頼はしているが、スティアーノはやっぱり馬鹿な男だと、そう思う。

「……はぁ。今のでスティアーノに対する私の好感度は底を突いたわ。もう明日にでも借金の取り立てしちゃうかもね」

「んなっ!?　ど、どうかそれだけは勘弁してくれ……」

「はぁそう。そんなに焦っちゃうんだ。ふーん」

「ペトラ様……いやペトラ閣下。全身全霊を賭けて、貴女《あなた》をお守りしますから、どうか温情ある対応をお願いします！」

「うーん守るだけねぇ。どうしようかしら。この無神経な男を許すためには、相当な武功を挙げてもらうしかないんだけども……」

「はい！　ペトラ閣下を絶対死守しながら、百人でも千人でも敵を討つことを誓います！」

私に怯《おび》えて、媚《こ》びを売りまくるスティアーノを散々弄《いじ》ったところで、私は腹いせを終わらせる。

代わりに彼に対して、かなり無茶な指令を出すことにした。

「……まあ取り敢《あ》えずは、私を死守して敵を無限に倒すこと。情状酌量の余地があるかどうかは、アンタの頑張り次第よ。いいわね？」

「はい！　精一杯頑張ります！」

「よろしい。なら早速あの混戦場所に突撃よ！」

私は無駄に張り切るスティアーノに、突撃命令を下す。

「え、あそこいくの。マジ……？」

トランス状態が若干抜けたようだが、そんなことは知らない。

スティアーノの歩む速度が落ちるのを見てから、私は一気に駆け出す。

「一々怯えんな。二人仲良く突撃よ！」

「えぇ……因《ちな》みに作戦は？」

「もちろん……ノーガード、全力アタックよ！」

「それもう作戦じゃなくてただの脳筋思考でしかないぞ！」

声高らかに宣言した後に、私は多くの敵兵が迫る血生臭い戦場へと乗り込む。

「おいペトラ、魔術師なのに出過ぎだから！」

「うるさいわね。早くしないとアンタの分まで全員倒しちゃうわよ！」

ここは命懸けの戦場。

判断ミス一つで簡単に死ねる冥途に一番近い場所。

本来は目の前の敵に恐れてしまうような場所のはずだが、最前線で戦うことに、私は興奮を抑えきれない。

きっと私は戦場に立ち、輝かしい武功を挙げることを生き甲斐《がい》にできる。

死の恐怖を跳ね返すような熱い闘志が宿っていた。

「景気付けにデカいのをお見舞いしてやるわ！」

渾身《こんしん》の魔術を敵軍の中央に放つ。

抵抗するように放たれる脆弱《ぜいじゃく》な魔術を全て飲み込み、大火球は多くの王国兵を燃やし尽くす。

「おのれっ……！」

すぐに王国兵が私に向かって剣を振るうが、私は涼しい顔で視線を外した。

「させるかよ！」

「ぐあっ！」

何故《なぜ》なら私の周辺警護は信頼している男に託してあるから。

スティアーノは無駄のない素早い動きで迫る敵兵を次々に斬り倒す。

学業においては万年微妙な成績を取り続けたスティアーノだが、剣の腕前においては、私の中でアルディアの次に優れていると認識している。

最強でなくとも、手練《てだ》れではある彼ならば、敵処理の順序を間違えたりはしない。

「へへ。どうだペトラ？　悪くない剣捌《さば》きだろ」

「そうね。まあギリ合格点ってとこかしら」

「評価厳し……」

当たり前だ。

私はスティアーノのことをよく知っている。

下手に褒めれば、勝手に舞い上がって変なミスが増えることも理解している。

ここは嘘《うそ》でも、平静を装った面持ちで適度な褒め言葉に留《とど》めておくのが正解だ。

「さあ、次行くわよ！」

「おう。満点取れるように頑張るわ」

魔術師ペトラが進むのは、ひたすら戦いに勝ち続ける道。

自らを信じ、魔術を使って目の前に立つ見える範囲全ての敵を薙《な》ぎ払う。

「私と対峙《たいじ》したことを後悔して！　そして、私のために道を開けなさい！」

私の出した豪炎が戦場を真っ赤に染め上げる。

狂うように燃え盛る炎が天に向かって高く蠢《うごめ》く。

王国軍兵士たちの鎧《よろい》は熱で溶け出し、私の歩んだ場所は、黒い灰と熱波が漂う死者の山が道を作る。


『敵の数が多い？』

『勝てるわけがない？』

『どうせ突破されるだけ？』

『無駄死にしたくはない？』

『不利なのに戦う意味が分からない？』


本当に馬鹿みたい。

そんな歴然たる事実はどうだっていい。

私はどんな時も、どんな場面においても負けることが嫌いだ。

勝負ごとには全力で取り組み、どれだけ泥臭くても勝利を摑《つか》むために最後まで己の最善を尽くす。

「スティアーノ。左は頼んだわ」

「おうよ。右は任せるわ」

私と共に勝利を追い求めてくれる人がいる。

彼もまた勝利を渇望していて、私が歩く修羅の道に図々《ずうずう》しくも付いてくる。

——だから私はどれだけ苦しい場面でも、勝利を諦めたりしない。

「はぁ！」

「おりゃ！」

私とスティアーノは背中合わせで、周囲にいる多くの敵と睨《にら》み合う。

この場において、頼れる味方はお互いただ一人。

それでも私たちは絶望したりしない。

「ちっ。斬っても斬ってもキリがない」

「いいのよ。どれだけ敵が来ても、最後の一人になるまで倒し続ければ私たちの勝ちになるんだから」

戦場で生き残る一流の兵士になりたいのなら、貪欲に勝利を追い求める諦めの悪さが必要だ。

すぐに無理だと諦めるような人間に勝利が摑めるわけない。

結果がどうなろうと、私は最後まで戦う。

それこそが魔術師として私が持つ信念であり、ここで生きていくことを決めた意味なのだから。

3

赤い煙が上空に広がった。

敵戦力の侵攻を遥《はる》か上空で監視していた私たち騎竜《キリュウ》兵たちは、アイコンタクトを取った後にゆっくりと降下し始めた。

「よし、攻撃合図だ！」

「敵兵を踏み潰してやるぜ！」

「よーし。頑張ろう！」

ディルスト地方第一防衛線の真上で何十分も待機したままだったからか、騎竜兵たちはここぞとばかりに張り切っていた。

「皆、少しは落ち着いてね～まあ私も気持ちは分かるけどさ」

攻撃開始の合図が出て、他の騎竜兵たち同様に私も嬉《うれ》しかった。

正直やられっぱなしの地上をただ上から見ているだけでは、もどかしさが半端じゃなかった。

「全騎空襲準備開始！」

騎竜兵たちは敵兵たちの頭上へと移動して、ぐるぐると旋回を始める。

そのままどこに向かって攻撃を仕掛けるかを必死で探し出す。

――うーん。狙い目は魔術師が少なそうなあそこかな。地上の兵士たちが頑張ってくれてるから、空襲にまでは意識向かなそうだし。

「よし。あの両軍がぶつかっている境目のちょい後ろら辺に突っ込むよ！」

「了解！」

「分かりました！」

騎竜兵たちはそれぞれが距離を離して、急降下するタイミングを窺《うかが》う。

まだかなぁ……まだだなぁ……よし今だ！

「降りよ！」

短く告げて、最初に急降下すると、上空にいた残りの騎竜兵たちも続々と地上に向けて、高度を下げる。

上に視線を向けている敵兵はまだいない。

まあ気付いたところで、多分間に合わないだろうけど。

「よし、行くよポチ！」

そのまま速度を落とすことなく、愛竜を王国兵の上に着地させる。

鎧が砕ける音、何かが潰れるような音、鉄同士が擦れ合うような耳が痛くなる音。

それらの騒音が一瞬にして、戦場全体に響き渡る。

「く、空襲だぁ！」

「騎竜兵が降りてきやがった！　撃ち落とせ！」

突然の攻撃に混乱している敵陣に、更なる攻撃を仕掛ける。

「全部薙ぎ払うよぉ！」

手綱を引くと、ポチは長い尾を振り回して、王国兵たちを転がす。

そして彼らが起き上がる前にそのまま騎竜の巨体で押し潰した。

「よし、次だ！」

ポチは雄叫《おたけ》びを上げ、今度は前方にいる敵兵に噛《か》み付く。

「くっ、離せ……ぎゃっ！　腕がぁぁぁぁっ！」

噛み付いたのは王国兵の腕。

ポチはそのまま、その腕を引き千切り、喉を鳴らして丸呑《まるの》みにした。

腕をもぎ取られた敵兵が可哀想《かわいそう》だなと思うが、情けの心は押し殺し、私はそのまま敵兵の脳天を短弓で射抜く。

周囲を見回すと、上空から降りてきた騎竜が次々に王国兵を噛み殺している。

地上部隊は王国兵の数の多さに苦戦していたみたいだが、上手《うま》い具合に攪乱《かくらん》できたことが功を奏したのか、私たち騎竜兵が降下した場所は、完全に特設新鋭軍が優勢の流れとなっていた。

「おらぁ逃げるなぁ！」

「待ちなさ～い！」

　血の気の多い騎竜兵たち。

　戦意を失って、逃げ惑う王国兵を延々と追い回している。

　形勢が逆転した途端に強気な追撃……私の指揮する部隊の模範的な存在だった。

「うーん。これは酷《ひど》い」

「いや、酷い言う前に彼らを止めたってくださいな。あのままやと地の果てまで追い続けて、そのうち戦場から出てっちゃいますよ？」

　気付けば騎竜兵の一人が私の横に並び、同じく騎竜兵が走り回る王国兵を容赦なく追いかける様を眺めていた。

「え～まあやる気があることはいいことじゃない？」

「隊長がそんなんやから、うちの部隊は自由人が多いって言われてるんですよ……」

「自由人かぁ。確かにね！」

「いや別に褒めてるわけじゃないですよ!?」

　私が指揮する騎竜兵の部隊で一番常識のある子は、大きなため息を吐《つ》き、面倒臭そうに敵兵を追い回す騎竜兵たちの元へと向かう。

「こら二人とも！　油売ってないで指示された通りの場所で戦いなさいな！」

「えー」

「後少しだけ～」

「言い訳は聞かないぞ！　さっさと持ち場に戻らんかい！」

戦場での緊迫感とは若干ずれた罵声に私は思わず、顔を背けた。

──まるで騎竜兵版のペトラちゃんみたいだな。逆らわないでおこう。

「さ、さーて。私はどっか別の場所で戦おうかなぁ」

「あっ、隊長！　ちょっと待っ……」

「じゃあこの辺での戦闘指示よろしく～」

危なっ。今のは絶対にお説教される雰囲気だった。

隊長の自覚が足りてないとか言われる前に、さっさと離れてしまおう。

ポチは私の意図をすぐに汲《く》み、勢いよく空中に飛び上がる。

「よしあの怖ーい後輩くんから逃げるよポチ。あっちの敵が多そうなところに単独突撃だ！」

ポチは軽く唸《うな》り声《ごえ》を上げると、私が指差した方向に向かうため、勢いよく翼を羽ばたかせた。

──おっ、あの場所ってもしかして。

見据えた先に見えてきたのは、見慣れた人影。

「おーいペトラちゃーん！　スティアーノ～！」

嬉々《きき》として私は二人の加勢に加わるのだった。

4

「おーいペトラちゃーん！　スティアーノ～！」

後方斜め上空から聞こえてきた陽気な声に、私は思わず気を取られてしまった。

殺伐とした戦場において、こんなに頭の悪そうな登場を想定していなかったからだ。

「おいペトラ。なんか馬鹿が一人こっち来たぞ？」

「スティアーノ。無視よ。前の敵だけに集中して……あれはもうノイズになるだけだから」

「おう了解」

私は後方から迫る能天気な騎竜兵を無視して、前方の王国兵を焼き払い続けることを選ぶ。そもそも後ろを振り向いて「わー、ミアだ～。こっちこっち～」なんて休日の友達同士みたいな緩い会話をする理由がない。

危険な戦場において、一瞬の油断が命取りとなる。

迷わず私は豪炎の魔術で敵兵たちを焼き殺し続けた。

……というか私はそんな陽気な人間じゃないし。

「わーい。ペトラちゃ～……ぐぶぼぉっ!?」

しかしどうやら問題児の騎竜兵は、私に無視という選択肢を与えてくれないらしい。

私が魔術を放とうとした王国兵に減速することなく突っ込む巨大な騎竜。勢いそのまま、騎竜はその後方にいた王国兵も巻き添えにして、次々に人を跳ね飛ばしてゆく。

騒々しい物音は王国軍、特設新鋭軍共に注目を集めるくらい大きなものだった。

「な、なんで騎竜が……」

「こんな攻め方普通してこないだろ……」

「だ、大丈夫かアレ……」

「死んでそうだけどな。え、生きてんのかよ」

あまりに大胆過ぎる特攻に対し、戦場に立つ誰もが困惑しっぱなしである。

「う、うるさい！　全員吹っ飛んじゃえ！」

――ミアはミアで、戦い方にケチを付けられたのが気に食わないのか、騎竜にめちゃくちゃな暴れ方をさせてるし。

縦横無尽に転げ回る騎竜を止められる者はいない。

予測不能な暴挙に対して、私とスティアーノも唖然《あぜん》とした面持ちで敵を倒し続ける暴れ騎竜を眺めていた。

「……あいつ、多分俺より馬鹿だろ」

「馬鹿は馬鹿でも命知らずな方よね……あれで生きているのが不思議なくらいだわ」

騎竜に上質な装備を着せているとはいえ、あそこまで激しい突撃をしたら、騎竜が大怪《おおけ》我《が》するかもしれない。普通の人間であれば、もっと慎重な戦い方をするはずなのだが、

「よしいいぞポチ！　私はやってくれると信じてた！」

行き当たりばったりの脳筋戦法。

考えなしな彼女に操られるポチという騎竜が不憫《ふびん》に思えてならない。

「……あれは帰ったらお説教ね。大事な騎竜なんだからもっと丁寧に動かしてあげなさいよ」

「戦いのセンスはいいんだけどなぁ……危なっかしいよな」

結果的にミアの戦線介入は良い方向へと転び、王国軍の一部隊を殲滅《せんめつ》することとなった。

しかし高確率で自分が死ぬかもしれない無謀な突撃を、私は到底許せない。

5

「いでっ!?」

「アンタねぇ……戦場なんだから少しは緊張感を持ちなさいよ。あの意味不明な突撃が危ないことだったたって、分かってんの!?」

「うぅ……勝ったんだし、そんなに怒らなくてもいいじゃん」

「勝った負けたは関係ないの！　あの意味のない突撃をしたことが問題なの！　アンタが死んじゃった時、どれだけ多くの人に迷惑が掛かるか分かっているの!?」

目の前でペトラに叱られるミア。

ミアを擁護する者は味方であっても誰一人いなかった。

「うぇ～ん。ス、スティアーノ～」

助けを求めるような情けない顔をこちらに向けてくるが、俺から見てもあの乱暴な戦い方を容認することはできない。それに……。

「スティアーノ？　アンタも余計なこと言ったら、分かってるわね？」

「ひっ……」

今の俺はペトラから金を借りている債務者の身。

彼女に逆らうような行動は取れないのだ。悪いなミア、そのまま大人しく怒られてくれ。

直立不動の綺麗《きれい》な姿勢を貫き、俺はミアから視線を外す。

「うん。これは全面的にミアが悪いな！」

「あぁ!?　スティアーノの薄情者～!!」

仲間に売られたみたいな大袈裟《おおげさ》過ぎる反応。

いや、今のは擁護するのも大変なくらいだろうが。

ミアと同じくペトラも好戦的な性格だが、やっていいことと悪いことの区別が付いているから、誰も彼女の行動を頭ごなしに咎《とが》められない。

一方ミアはその場のノリで動いているから、問題行動で長い説教を受けることになるのだ。

「そもそもミアは騎竜《キリュウ》兵の部隊で隊長やってるんでしょ？　隊長が考えなしに敵軍に

突っ込んで許されると思っているの？」

「うぅ……じゃあ私は隊長なんだから、そんなに怒んないでよぉ！」

「私はこの防衛線の大隊長よ。怒るに決まっているでしょう！」

……正論である。

「うぇぇぇぇん！　そんなに怒るなんて酷過ぎるよぉ！」

「ああもう、別に泣くことないでしょう……後で迷惑かけた人たちに謝るの、私も同伴してあげるから」

「うぅ。ペトラちゃん……大好き」

泣きべそをかいて騎竜の背で涙と鼻水を啜《すす》るミアに隊長としての威厳はゼロだった。

――というか、なんでこの馬鹿が隊長やってて、俺が隊長やれてないんだよ。世の中の理不尽さを感じる。

「ほら泣き止《や》んだ？」

「うん……あ、ハンカチありがと」

……母親と娘か。

戦場に立っていることを忘れてしまいそうなくらい、目の前の光景は場違いなものだった。ペトラはミアの衣装に付いた砂埃《すなぼこり》を払い、ハンカチを渡してから慰めるように頭を撫《な》でる。

「はぁ……怪我はないのね？」

「うん。大丈夫」

「じゃあもういいわ。気を取り直して、別の場所の加勢に向かうわよ」

「うん！」

　ペトラを泣き落とし、これ以上怒られないことを悟ったミアは、普段通りの明るい笑顔に戻る。

　──こいつ本当に反省したのか？

　疑惑の目を向けていると、

「んべ〜」

　ミアは俺に向けて、右目の下瞼《したまぶた》を指で引っ張り、舌を出した。

　──あ、この馬鹿女め。絶対に許さんぞ。

　ペトラに対してはヘコヘコと頭を下げていても、この女は全く反省の色を見せていない。

「ペトラ！　この馬鹿全く反省してないぞ。俺に向かって舌出してきやがった！」

「そ、そんなことしてないもん！　私はペトラちゃんの私を心配してくれた深い愛を感じて、猛省したんだよ!?」

　俺が密告すると、彼女はすぐに反論してくる。

「へっ。猛省した奴《やつ》が、俺に挑発するようなことするかよ！　この嘘吐《うそつ》きが」

「うわぁ〜ペトラちゃん！　スティアーノが私に無実の罪を擦《なす》り付けようとしてきた。酷いよね？　本当に叱るべきはアイツの方だよ！」

「おいペトラ。この猫被《ねこかぶ》りに騙《だま》されるな。三秒後には絶対同じことやらかすぞ！」

「やらないもん！」

「絶対やる！」

「いーや。絶対やらないもん！」

「いいや。お前の絶対やらないは信用できねぇ！」

「この頑固者！　万年赤点星人！」

「うるせぇ！　お前も似たようなもんだったじゃねぇか！」

不毛な言い争いを続けていると、俯《うつむ》いたペトラが肩を震わし始める。

「ペトラちゃ～ん。この馬鹿スティアーノを叱ってよ？」

ミアは気付いていなかった。

今のペトラにあからさまな媚《こび》売りは、逆効果であると。

俺はすぐ、ペトラの様子が変化していることを悟り、余計なことを言わないように口を噤《つぐ》んだ。

しかしミアの浮かれた態度のせいで、俺が静寂を選んだ意味は失われた。

「……二人とも？」

「ひっ……!?」

「ふぇぅ……」

底冷えするような低い声。

ペトラの声音が変わったことで、ミアの額には玉の汗が湧き出した。

「喧嘩《けんか》、すんな？」

陰りのある作り笑顔。

喧騒《けんそう》に満ちた戦場のはずが、ペトラの放った冷気によって、一瞬時が止まったかのように静寂が訪れた。

これには俺とミアの双方は、即座に頷《うなず》く以外になかった。

「「ごめんなさい。仲良くします。喧嘩はもうしません」」

「そう？　なら良かったわ。もしも今の言葉が嘘だったら……ね？」

「「嘘ではないと誓います！」」

抗弁などは全くない。

俺とミアは、ペトラのキレ気味の笑顔を見て、同時に土下座を行う。

結論、ペトラがマジギレした時は、怒鳴り散らす場合と、物静かに詰める場合の二パターンある。俺的には怒鳴り散らすペトラよりも、今回の方が数段恐ろしさを感じるのだった。

6

ミアへのお説教から始まり、ミアとスティアーノの不毛な言い争いを納め、ようやく戦いに集中できる。

「二人とも、当然最前線で戦うわよね？」

「「はい！　ペトラ様の仰せの通りに！」」

馬鹿二人は仲良く地上部隊の先頭を進む。

先程まで戦っていた場所は王国軍が撤退したことにより、特設新鋭軍が広いエリアを占有することができた。

そして今私たちは、新たに敵兵の多い場所へと向かっているのである。

「……敵影多数！　味方兵士たちが囲まれています！」

「分かったわ！　二人とも出番よ。あの雑兵の群れを蹴散らしなさい！」

「「はい！　ペトラ様のために瞬殺してきます！」」

仰々しい言葉遣いを続ける二人は息ぴったりな返事をした後、真っ先に敵集団の元へと駆け寄ってゆく。

私は軽く息を吸い込み、二人の背中に指を差した。

「他の皆もあの二人に続いて。攻撃開始！」

「「「はっ!!」」」

巨大な騎竜を連れた短弓持ちのミアと剣の扱いに秀でたスティアーノ。

あの二人は度々騒がしく口喧嘩をするような感じだが、こと戦いにおける信頼度は非常に高い。

正直、あの二人は上に立って指示することなどには向いていない。しかし前線で戦う兵士としてのポテンシャルは、そこらの一般的な兵士を寄せ付けないくらい光るものを持っている。

「足止め頼んだわよ……」

「任せろ！」

「はーい！」

敵と接敵し、懸命に戦う二人を見据えながら、私はすぐに魔術の発動に備える。

敵陣を破壊するような派手さのある大きい魔術は必要ない。

前衛の敵を押し返す力は十分ある。

私が使うべき魔術は……。

「……仲間に魔術障壁を張る一択ね」

この状況で私が広範囲に広がる攻撃魔術を放ってしまうと、最悪の場合、近くの味方を巻き込む大事故を起こしかねない。

先程までの戦場でミアがいなかった時は、近くにいる仲間がスティアーノただ一人だったから遠慮なく、魔術を放てていた。

だが好き勝手魔術を撃ちまくれる理由がない今は、状況が変わっている。

私が身勝手に個人の力を奮っていい場面ではないのだ。

「状況に合わせて戦い方を変える。一流の魔術師になれないやつは、重要な局面で判断を間違うのよね。……はっ！」

私は一流の魔術師。

最適な答えを導き、勝利を手繰り寄せる。

魔術障壁を前方で戦う仲間の兵士に授けてから、私は周囲に視線を回した。

「おりゃあ！」

「せいっ！」

ミアとスティアーノは正面の敵に対して、強気な攻めを見せることで、初動のテンポを一つ遅らせられている。二人を庇《かば》うように両脇を固める他兵士たちも、敵を近付けまいと必死に剣や槍《やり》を突き出して、上手《うま》くけん制を行えていた。

各々が連携し、鉄壁の布陣で戦えている。

私には王国軍が攻めあぐね、侵攻が膠着《こうちゃく》してしまっているような盤面が見えた。

敵は焦り、この場における一番の脅威となっているミア、スティアーノの二人を攻略しようと考え、圧力を掛けたいはず。

私は敵が二人を潰そうとする動きを封殺すればいい。

「ならそこね！」

「――っ!?」

王国軍と特設新鋭軍の交戦箇所から、少し後方。

ずらりと並ぶ王国兵の陰に隠れた数人の魔術師が、二人のことを密《ひそ》かに狙っているのが見えた。

すかさず魔術を放つと、魔術師は諦めたように魔術障壁を展開し、王国兵を守る。

「おのれ……」

「作戦変更だ。あの女を最初に倒す」

「敵は一人だ。全員で狙えば、すぐに片付く！」

動きを妨害したことにより、敵魔術師の標的はミアとスティアーノから、私へと変わる。

敵魔術師はそれぞれ魔術発動の余波を放ち、私もすぐに反撃の構えに移った。

「ふん！　上等じゃないの。有象無象が束になっても私には勝てないのよ。実力の差ってやつを教えてあげるわ！」

――ここは有利不利に関わらず、特設新鋭軍側は降りられない戦いね。

もしもこの場所でも王国軍を押し返せれば、相手は確実に焦るはず。

そうなれば、少数でこの広大なディルスト地方を守る特設新鋭軍を王国軍側は更なる大軍勢を投入して捻《ひね》りつぶそうとするだろう。

――相手をこちらの土俵に立たせることができれば、私たちの勝利はグッと近付く。

「いい？　ここが私たちの正念場よ！　無様に負けたくなかったら、死ぬ気でこの場所を死守しなさい！」

仲間たちに向けた鼓舞を叫んだ直後、視界一面に暁光のような淡い輝きを発する無数の魔術弾が放たれた。

全ての魔術弾は真っすぐに私の元へ迫る。

今から全力で自分自身に魔術障壁を何重にも張り巡らしたところで、全ての魔術弾を相殺できるかは分からない。

体感七割くらいの確率で一発以上の被弾は覚悟すべきだろう。

「当たり所が悪かったら死んじゃうかもしれないわね……でも！」

私は魔術弾を全て薙《な》ぎ払うべく深く息を吸い込んだ。

やれるかどうかではなく、この段階になるとやるしかないのだ。

「私にとっての三割は、十割と変わらないわ！」

くだらない確率論に囚《とら》われる私ではない。

仲間たちに授けていた魔術障壁をすべて解除し、私は自身の周囲に強固な魔術障壁を張る。魔術弾が魔術障壁とぶつかり合い、次々と爆発していく。

「お願い……耐えて」

ガラスの割れるような音が毎秒聞こえ、爆発音と熱波が段々近くなるのを感じる。

死のカウントダウンが刻々と近付く。

――魔術障壁はあと何枚で、敵の魔術弾はあと何発で終わるの？

命懸けの我慢比べ、その行く末は――。

「……あっ」

奇《く》しくも侵略者の方へと傾いた。

7

顔が焼かれるような凄《すさ》まじい熱を感じる。

最後の魔術障壁が粉々に砕け、破片が全身に降り注ぐ。

そのまま魔術障壁の欠片《かけら》は、溶けるように消え去ってしまう。

「……くっ！」

両腕で頭部を覆い隠しながらも、私は死を覚悟した。

――やれることは全てやったわ。これでダメなら悔いもない。

魔術弾による衝撃で吹き飛ばされ、重傷を負ってそのまま戦闘不能となる。

そう思っていたのだが、

「重装隊、友軍のカバー急いで！」

「はっ！」

後方から聞こえた女性の声。

「ペトラッ！　ふん！」

私の顔を照らしていた魔術弾の光は、声が聞こえた直後、何か大きな障害物に遮られた。

魔術弾が跳ね返されるような鈍い振動が空気を伝う。

身体《からだ》に痛みはない。ただ状況が飲み込めていないだけだ。

「な、に……？」

地面から舞い上がる砂埃《すなぼこり》を手で払いのけ、ゆっくりと目を開く。

そこには私を庇うように巨大な鎧《よろい》を着た一人の兵士が大盾を構えていた。

「アンタまさか……」

「大丈夫かペトラ？」

その渋い声音を聞き、私は目を大きく見開いた。

「アンブロス、なの!?」

無駄に横幅の広い硬質な鎧。

大盾はどこかの鉄扉を持ってきたのかと思うほどに、分厚く縦に長い。

そしてその巨体と要塞のような体幹の強さ。

「ああ！　間に合って良かったぞ！」

間違いない。

この頼れる巨人のような男はアンブロスだ。

「次ッ！　騎竜《キリュウ》兵隊は正面を切り崩すことに協力しなさい」

「リツィアレイテ将軍。重装隊は」

「騎竜兵たちに続いて、前進して！　残りは魔術師の保護に努めなさい！」

そして最初に聞こえてきた声の主は、特設新鋭軍を率いるリツィアレイテ将軍のものだった。

「援軍……」

それまで抱えていた胃痛は一気に和らぐ。

これでもう周辺の制圧は大丈夫だと、彼女たちの登場を機に私は悟った。

「ペトラ。無事で良かったです」

「すみません。勝手に前線に出てしまいました」

「いいえ。貴女《あなた》のお陰で、前線は持ち直しました。これで計画が破綻することもありません」

騎竜に跨《またが》るリツィアレイテは、目前に迫った王国兵を華麗な槍捌《やりさば》きで倒す。

連戦を重ねていた味方兵士たちは、彼女の到着に安堵《あんど》した様子を見せていた。

「私はミアたちの方へと援護に向かいます。ここは大丈夫ですよね？」

「はい。任せてください！」

私への信頼を込めた言葉。

その期待に応えるべく、私はアンブロスの背後で敵の姿を見据えた。

「何だ……魔術弾を受けたのに、立っていられるのか？」

「しかもあれだけ多くの攻撃を一身に浴びておいて、あの盾はどれだけ硬いんだよ!?」

「ひ、怯《ひる》むな！　息の根を止めるまで、魔術を撃ち続けろ！」

敵魔術師たちは再び魔術を私たちに向けて撃ち込んでくるが、アンブロスは鉄壁の守りで、魔術弾の貫通を許さない。

「ぐぅ……ペトラ、反撃は任せるぞ」

魔術弾を大盾とその身一つで耐え抜くアンブロスは、視線をこちらに向けた。

「……ええ。任せて」

長く語る必要はない。

アンブロスが前で耐えてくれているのなら、私は守りに意識を割くことはせず、敵魔術師を一掃することだけを考えればいい。

「少し時間掛かるわよ」

「大丈夫だ。ゆっくりでいい」

「ありがとう。壁役頼むわ」

アンブロスが突破されることは考えず、私はじっくりと高威力の魔術を練り始める。

敵魔術師を殲滅《せんめつ》できれば、アンブロスの集中する魔術弾の雨はピタリと止まる。

多くの味方が私たちを助けに来てくれた。

邪魔も入らない安全な場所で、私は魔術の構築にひたすら注力する。

「……よし、いつでも撃てるわ！」

私がそう言うと、アンブロスは頷《うなず》く。

「よし、いつでもいいぞ！」

「ええ、これで私たちの大逆転勝利よ！　くたばりなさい！」

アンブロスの背後から私は溜《た》め込んだ魔力を一気に放出し、敵の放つ小さな飛礫《つぶて》ごと魔術に吸い込ませる。

「……この規模の魔術をあの短時間に練り上げたというのか」

「無理です！　止められません！」

「総員退避～！」

逃げ惑う王国軍の兵士たち。

当然逃げ切れるわけもなく、私の魔術に多くの人間が吸い込まれていった。

王国軍が多くいた場所は、真っ黒に染まった焦土と化す。

「よし相手の陣形が結構乱れたぞ！」

「今だぁ！　全力でぶっ潰せぃ！」

ミアとスティアーノは畳み掛けるように残った敵兵を蹴散らしていく。

人数差はひっくり返り、後方で生き残った僅かな王国兵は、散り散りに後退を始める。

「こらぁ！　待たんかい！」

「おい馬鹿馬鹿馬鹿！　それは騎竜兵でも孤立し過ぎてんだよ。戻ってこーい！」

ミアとスティアーノの二人が、完全に勝利を確信し、気持ちを緩めたところを見て、私も胸元に手を当て深く息を吐いた。

危なかったわ。援軍が来なければ最悪全滅まであり得たわね。

それから私はアンブロスのことを見上げて、拳を突き出す。

「アンタたちが来てくれたお陰でなんとか勝てたわ。ありがとね」

「うむ！　役に立ったならよかったぞ」

アンブロスと拳を軽くぶつけ合う。

私たちは押され気味だった特設新鋭軍の仲間たちを助けて、戦況を覆すことに成功した。もしもリツィアレイテやアンブロスが私たちの救援に現れてくれなければ、敗北していたのはこちら側だったかもしれない。

「よし、残党狩りにでも行くか！」

「いや、行かないわよ。ここを守り切っただけで十分仕事はしたわ。大人しくリツィアレイテ将軍の指示を待ちましょう」

「む……そうなのか。なら良いな！」

数多《あまた》の魔術弾を凌《しの》ぎ切ったとは思えないほど、アンブロスの表情は疲れも感じない晴れやかなものだった。

8

二か所の戦地で特設新鋭軍が王国軍を退けたことにより、王国軍は分かりやすく混乱していた。右往左往する敵の遊撃部隊はどこの加勢に向かえば良いか理解できていないような動きをしており、次々と本軍の元へと隊を引いていく。

ディルスト地方全体を囲い込むような攻勢が通用しなくなったと理解した王国軍は、全戦力での一点突破を敢行してくると予想。

過去最大規模の一点攻勢に備え、リツィアレイテはその場にいた総員を一か所に集めた。

「ペトラ、俺ら頑張って敵めちゃくちゃ倒したぜ！」

「はいはい私も！　さっきまでの失態はこれでチャラだよね！」

続け様に王国軍を退けていることから、こちらの士気も右肩上がりに上昇していく。ミアとスティアーノもウキウキで肩を組んでいる。

「二人とも頑張ったわね。偉いわ」

「おう！」

「やったぁ！　ペトラちゃんに褒められたよ！」

素直に褒めると、二人は更にテンションを上げた。

「リツィアレイテ将軍も、助けに来て頂き、本当にありがとうございます」

「いいえ。感謝したいのはこちらの方ですよ。貴女が戦況を変えてくれたのです。連絡が取れなくなった時は焦りましたが、ここまで派手に暴れてくれたお陰で、貴女の位置が把握できました」

元々作戦本部にいたリツィアレイテも前線に赴いてきた。

ここから先は総力戦になるだろう。

「私たちは全戦力を率いてここまで来ました。なので、これ以上の援軍は望めません……ペトラ、貴女ならこの意味が分かりますね？」

「はい。このままディルスト地方での最終決戦を行うということですよね」

「その通りです。魔道具の発動箇所は私たちが今立っているここ。私たちは一旦前線を下げて、この場所に再び敵軍が来た時、魔道具を一気に爆破させる。これが我々の唯一の勝ち筋です」

切り札を残したまま、私たちは王国軍を退けた。

もしも王国軍側が私たちを殲滅しようとするのなら、全軍で攻めてくる以外にないだろう。

「少人数でも我々は王国軍に負けず劣らずしっかり戦えています。このまま王国軍を誘い込み、一網打尽にしてしまいましょう！」

「「「はい！」」」

この後、王国軍が取る選択肢は二つ。

攻勢を続けるか、甚大な被害を受けたことで完全に手を引くか。

ディルスト地方の掌握から手を引いてくれるのなら、それに越したことはない。

再度の侵攻に備えて、こちらも戦力増強を図ることができるし、切り札も見せずに済む。

でも考えるべきは王国軍が侵攻を続ける時のことだ。広範囲に兵を配備した特設新鋭軍は、どこか一部に敵戦力が集中してしまうと、簡単に破られてしまうほど各所の人数は非常に薄い。

「リツィアレイテ将軍。第一防衛線の者たちを一旦集結させるべきかと思います」

「ペトラ。私も丁度同じことを考えていました。王国軍側が一点突破を狙ってきた時、押さえ込むだけの物量がこちらにはありません」

　地中に仕掛けた魔道具を爆破させる作戦は、敵を足止めできなければ無意味なものとなる。敵が進行してくる勢いを殺すことが必要だ。

　敵の全戦力とこちらの全戦力を衝突させ、戦場の動きを鈍らせる。

　これが私たちに打てる最善の一手だ。

「ミア。貴女は確か騎竜部隊の隊長でしたよね？」

「そ、そうですけど……」

「……何故《なぜ》単騎でここにいるのですか？」

「え……あっと。は、はぐれちゃっただけです。気にしないでください！」

　見苦しい言い訳だ。

　どうせ自由に動きたいから無断で部隊を誰かに任せて、自分は抜けてきたのだろう。

　リツィアレイテはミアの言い訳を話半分に聞いているようで「そうですか」と興味なさげに答える。

「ということはつまり、貴女の騎竜部隊はまだどこかに残っているということで合っていますか？」

「え……うーん。多分？」

「なら申し訳ないのですが、急いでこちらに呼び戻してください。騎竜は貴重な戦力です。一人でも多く掻《か》き集められれば、こちらの勝率も上がりますから」

リツィアレイテの指示を受けて、ミアはすぐに騎竜《キリュウ》を飛ばす。

「急いで集めてきます～」

「よろしくお願いしますね」

ミアはそのまま、凄《すご》い速度で現場を離れていった。

「なあペトラ」

「ん？」

「あれ絶対、勝手に抜けてきたのがバレたくなくて逃げたよな」

「それ以外ないでしょう。まあいいんじゃない。リツィアレイテ将軍も気にしてないみたいだし」

今はミアを叱っている暇すらないはずだ。

その証拠に、彼女は他の部下たちにも細かな指示を出し続けている。

私に付いてきてくれたスティアーノは、最後まで私と一緒に動くことになるだろう。

「俺らはどうする？」

「変わらないわ。私の護衛を続けて」

「あいよ」

リツィアレイテが指示を出し終え、集まっていた兵士たちがそれぞれの行動に移る。周囲に人が少なくなったのを確認し、彼女はゆっくりとこちらに向けて歩を進めてきた。

「ペトラ。貴女《あなた》には引き続き前線での戦闘を任せたいと思います」

「……本当ですか？」

耳を疑うような話だった。

本来の私は後方から指揮を執り、第一防衛線全体の戦況を見極める役割を任されていた。

まあ自分から部下に任せたんだけど。

「いいんですか？」

「ええ。貴女の持つ指揮統率能力が高いことを見込んで、今回の魔道具発動タイミングの全権を託しましたが、どうやらそれだと物足りないみたいだったので」

「それは……」

彼女は私を咎《とが》めるような顔付きではない。

それどころか、私の肩に優しく手を置き、和やかに微笑《ほほえ》む。

「最前線には貴女のような力のある魔術師が必要です。行ってくれますか？」

期待の眼差《まなざ》し。

それは私にとって何よりも嬉《うれ》しい言葉だった。

私は魔術の腕前を見込まれることが最も嬉しく感じる。

「貴女の力が必要だ」と言われると、自分の存在価値がはっきりするような気がするから。

「どうですか……嫌なら断ってくれても」

私の返事がないことに、少し眉を顰《ひそ》めるリツィアレイテだったが、私は「いいえ」と一拍置いてから、力強く頷《うなず》いた。

「もちろん。行かせていただきます！」

「そう、なら助かるわ。貴女が最前線で兵たちをまとめてくれたら、計画もきっと上手《うま》くいくはずです」

「はい。お任せください」

リツィアレイテは連れてきた騎竜兵たちに合図を出し、そのまま騎竜に乗ってこの場を離れる。

「空からの情報は逐一伝えます。ここに残っている者たちは、一旦後退してください」

空を舞う数多の騎竜は、敵に攻撃されないよう高度をどんどんと上げていく。

そのまま王国軍の主力部隊がいる方向へと、飛び去った。

「スティアーノ戻るわよ！」

「うい。了解」

「アンブロスも今フリーよね？」

「ん、ああ！」

「なら私と一緒に来て」

私はスティアーノとアンブロスの二人と、数百名の兵士を連れて、前線を下げた。

王国軍が動き出すまで、そう長くは掛からないだろう。

私は騎竜兵たちからの報告を待ち、万全の状態で敵を迎え撃つだけだ。

9

ペトラの安否を確認し、王国軍の侵攻も一旦は落ち着いた。

ここから先は魔道具頼りの最終段階に入る。

「リツィアレイテ将軍。敵軍は中々動き出す気配がありません……ですが、陣形を変えていますね。何かする気かもしれません」

「引き続き監視を続けて。陣形が変わり切ったら、動き出すかもしれないわ」

騎竜に乗って、王国軍の出方を探る。

今のところ王国軍は最前線から退いてきた兵士たちを集めて、陣形の再編を行っているところだ。特設新鋭軍よりも明らかに多い兵士の隊列。

その中心にはレシュフェルト王国第二王子であるユーリス＝レト＝レシュフェルトの姿があった。

「……あれは第二王子ですね」

敵に悟られないように高度をかなり上げているため、人の姿が豆粒くらいにしか映っていないが、一人だけ装いの色合いが鉄鎧《てつよろい》を着ている他の兵士とは明らかに違っている。

他の騎竜兵たちもその姿を確認したようで、皆が一様に「あれは第二王子だ」という見解で一致した。

「あのわがまま第二王子かぁ……気まぐれで侵攻でもしてきたってか？」

「そんなわけないでしょう。戦争を起こすなんてこと、いくら王子とはいえ簡単には行えないことでしょう」

「確かに。王国軍を動かすなんてよっぽどの事情がないとできないだろうしな」

他の騎竜兵たちは口々に意見の交換を行う。

視界の先にはユーリス王子以外に派手な服装の人物は見当たらない。

――今回の戦いを主導しているのはユーリス王子で確定かしらね。

「貴方《あなた》。一旦後方に下がって現状報告をしてきてください。恐らくそろそろ動き出すと思いますので」

「了解です」

ユーリス王子が指揮を執っているということなら、複雑な策謀を連発してはこないはず。

恐らく今回の侵攻は物量で押し込めば勝てるだろうと思ってのことだろう。

――優れた軍師がいるとすると、こちらの罠《わな》を見透かされている可能性も捨てきれませんが、見たところユーリス王子が必要以上に会話をしている相手はいなそうですね。

もう少し留《とど》まって様子見しようと思っていたが、特殊な戦法を使う可能性は限りなく低いだろうと判断し、私は周囲の騎竜兵たちに告げる。

「……普通に数の差で押してくると予想します。監視役数人を残し、我々は一度第一防衛線のところまで戻りましょう。王国軍の先頭部隊を足止めさせれば、なんとかなるでしょう」

騎竜の手綱を動かし、進んできた空に顔を向ける。

――さあ、いよいよ全面対決が始まりそうですね。

10

「殿下！　帝国側の抵抗が激しく、少数部隊での突破は困難と判断。応援を要請します！」

「何だと……!?」

報告に現れた兵士は、全身傷だらけの状態だった。

遠くから眺めていたが、少数部隊とは言え、人数は圧倒的にこちらの方が多かったはずだ。

「何をしている。あんな少ない敵を蹴散らすこともできないのか!?」

「し、しかし……敵には優れた魔術師や騎竜兵が多く、地上部隊しか持たない我々は攻めきれない状況が続いておりまして」

魔術師に騎竜兵……か。

確かに俺の率いている王国軍には魔術師が少ない。

というのも、今回の侵攻を行うに当たり、王宮魔術師の全面協力を仰げなかったのがある。彼らは父上の命令がなければ、他国の領土に踏み入らないなどとくだらないことを語っており、俺は仕方なく説得を諦めた。

――くそ。単なる地上戦力だけじゃ人数集めてもダメなのか!?

「こちらには騎竜もいない。……くそ、心底腹立たしいな」

苛立《いらだ》ちは収まらない。

しかし部下の一人が告げる。

「しかし殿下。相手は騎竜や魔術師が多くいるとはいえ、所詮は数千規模の小規模な集団に過ぎません。こちらは大きな被害を受けはしましたが、未《いま》だに三万以上の兵力を残しております。ここは全軍で攻勢を仕掛ければ、問題なく殲滅《せんめつ》できるかと」

「なるほど……確かにそうだな！」

最初は敵の数が分からなかったから、一万程度の兵を動かして様子見させていたが、相手が数千程度の少数と分かった今、全力で潰しに向かうのも一つの手か。

俺はすぐに指揮官を呼び寄せる。

「おい」

「どうされましたか殿下？」

「今から全軍で帝国軍の攻略を始める」

「……は？」

「聞こえなかったのか!?　全軍だ。全軍であの邪魔な敵兵を一気に倒す！　異論は認めない！　さっさと指示を出せ！」

「はっ、はい……！」

全く、理解が遅いやつはこれだから困る。

これだけの兵数がいて俺たちが負けるなんてあり得ない。

騎竜も魔術師も関係ない。

戦いは数で決まる。

どれだけ強い兵士が敵にいたとしても、四方を埋め尽くす兵士を前に、生き残れるはずがない。

「レシアのために、俺はこのディルスト地方を手に入れる……！」

この戦いに俺は必ず勝ち、彼女の望み通り、この地をスヴェル教団に献上する。

彼女のためであれば、俺は何だってやれる。

それが第二王子として俺が持つ力を行使する一番の理由だ。

11

時刻は午後二時。

王国軍の侵攻から四時間が経過した。

一度は退けた王国軍も、侵攻を再開してゆっくりと動き出す。

こちらの計画通り、王国軍は数の差で、こちらを圧倒しようと考えているようだ。

「来ましたね。敵の侵攻を阻みます。総員、移動開始！」

王国軍は全戦力を動かし、左側から回り込むように動き出す。

正面に集結させていた全戦力は王国軍の動きに合わせるように、左側に向かい始めた。

「これで終結すればいいのですが……」

魔道具の爆発箇所はディルスト地方全域をカバーしている。

だから左側から迂回《うかい》してこようとする王国軍にも対応可能だ。問題は魔道具の発動が敵にどれだけの打撃を与えてくれるか。

魔道具一つの威力は既に検証済み。

爆発によって半径数メートル以内にある全てのものを粉々に破壊できる優れ物だ。

どれだけ硬い鎧であっても、魔道具の爆発には耐えられない。

予行演習した通りなら、成功するはず、大丈夫。

「足止めして。できるだけ多くの敵軍を爆破位置に誘い込んで一気に叩《たた》く。ふぅ」

同じことを何度も何度も口ずさみ、深呼吸を挟む。

「……失敗すれば、全滅ですもんね」

リスクも大きい作戦だ。

心労はこれまで体験した以上に大きいものだった。

でもここで怯《おび》えていては何も成せない。

頬を二度軽く叩き、己を奮い立たせる。

「よし！」

私の周囲には多くの仲間がいる。

研鑽《けんさん》を重ね、短い間だったが、絆《きずな》も確かに生まれた。

特設新鋭軍の将軍になれたことが、私にとっての生きる意味になり、戦う力となった。

愛する帝国を、そして大事な仲間たちとの居場所をここで失うわけにはいかない。

夥《おびただ》しい数の敵兵を前に、私は槍《やり》を突き上げて宣言する。

「皆さんは私の誇りです。最後まで戦い抜きましょう」

「「「おぉ～!!」」」

今から私は多くの仲間が犠牲になることを承知の上で、王国軍の大軍勢と真っ向からぶつかり合うよう命じる。誰一人として生き残れる保証はない。

それでも私たちは仲間の屍《しかばね》を越えて進み続けるだろう。

誇り高き特設新鋭軍の兵士として、ヴァルトルーネ皇女の命に従い、悪《あ》しき侵略者たちを討つために――。

12

「全軍突撃ッ！」

リツィアレイテから突撃命令が下され、遂《つい》に王国軍との総力戦が幕を開けた。

先頭を進む騎兵たちは、前方に槍を突き出し、そのまま敵の騎兵とぶつかり合う。

騎馬同士の衝突により、双方の騎兵たちは潰されるように地面に倒れ落ちる。

「魔術部隊、攻撃用意！　放て！」

続いてペトラの叫びと共に無数の魔術弾が空を彩る。

綺麗《きれい》な弧を描きながら、王国軍の中心部に魔術弾が降り注ぎ、大きな爆発音と共に、真っ赤な炎が斉射箇所に広がってゆく。

「進めぇ！」

「行くぞ！」

兵数は明らかに足りていないが、こちらには敵陣を一瞬で破壊する可能性を秘めた騎《キ》竜《リュウ》という、とっておきの戦力がある。

騎竜の参戦は絶望的な兵力差を埋め合わせられるほどだ。

特設新鋭軍は、迷いなく前方の敵に狙いを定めて、次々に前へと踏み出す。

頭上を飛び交う魔術弾と矢の嵐を掻《か》い潜《くぐ》り、迫る敵兵を剣で斬り飛ばす。

「ペトラ。人が多くて身動き取れないぞ！」

「もう下がれないわよ!?」

「分かってるっての」

敵も味方も人が密集し過ぎた影響か、行動に大きな制限が生まれてしまった。

両軍のぶつかり合う境界線には、多くの死体が積み上げられる。

「お、おい……背後から凄《すご》い押されるんだけど」

文句を垂らしていると、同じく俺に密着したペトラはハッとしたような顔になる。

「いや、これでいいのよ」

「は？」

「だから作戦通りってこと。前が詰まって動きが止まっているのは別に悪いことじゃないわ。最悪の状況は進むべき前方から味方が逃げ出すような動きをすることよ」

彼女の話を聞いて、俺は即座に屈《かが》む。

「なるほど。俺たちは予定通り、敵軍の動きを止めたってことだよな」

「ええ。あとは魔道具で敵を一気に吹き飛ばすだけよ！」

「それが分かったら、無理やりにでもここで踏ん張り続けるか！」

敵軍の勢いに押されないようにここで踏ん張り続けることで、敵もなんとか前線を動かそうと人員を前へ前へと送り込む。

敵軍が密集し切ったところを爆破すれば、あとは残党を潰すだけ。

「……くっ」

「全力で耐えるわよ！」

次第に前方は押され始めるが、俺たちは互いに身体《からだ》を寄せ合い、今いる立ち位置から動かないように必死に踏ん張る。

「今です。魔道具を使いなさい！」

リツィアレイテの命が下り、魔道具を発動させるために待機していた魔術師たちは一斉に魔道具発動を行う。

そして――。

土砂に覆われた魔道具が隙間から眩《まぶ》しいくらいの輝きを放つ。

「な、なんだ……!?」

「おい。待てよ……これは！」

敵の魔術師の中には何が起こるかを悟ったような者もいたが、王国軍がその場を離れることは不可能。

直後に広範囲で土砂が空中に跳ね上がり、一緒に大量の王国兵たちも宙を舞う。

密集し過ぎた王国兵たちの末路は、魔道具による爆散死だ。

地面が大きく揺れて、後ろに倒れそうになる。

「ちょっと。気を付けてよ」

「わ、悪い……」

立っていることすら危うい揺れにもかかわらず、ペトラは何食わぬ顔で俺が倒れそうになる瞬間に背中に手を置き、ゆっくりと体勢を戻してくれた。

「お前、今の揺れでよく立っていられるな」

「体幹強いもの」

「知らんかったわ、それ……」

思わぬ新情報に驚きつつも、爆心地の方に視線を戻す。

そこには半径数百メートルにも及ぶ巨大な湖ができそうなほどの深い窪《くぼ》みが出現し、魔道具の威力の高さを物語っていた。

「……マジかよ」

それなりの深さのある爆心地の地底からは無数の黒い煙が立ち上り、宙を舞っていた王国兵たちが次々に叩きつけられ、凄惨な死体だらけの光景が広がっていた。

「今です！　攻勢を仕掛けなさい！」

王国軍の大半は魔道具の爆発に巻き込まれて壊滅。

そんな王国軍側で残ったのは、特設新鋭軍と競り合っていた最前線に出ている僅かな上澄みと、運良く爆破範囲内に足を踏み入れなかった最後列の限られた部隊だけだ。

「決着ね」

ペトラは澄まし顔でそう言いながら、逃げ惑う王国兵に追い討ちのように魔術を放つ。王国兵が苦しみ悶《もだ》える様を見つめながら、彼女の前に出る。

「容赦ないのな」

「容赦なんてもの必要ないでしょ。死ぬか生きるかの戦場だもの」

「まあ……それもそっか！」

俺もまた、近場に倒れて身動きの取れなくなった王国兵に剣を振り下ろす。

「アンタも私と同じじゃない」

「……まあな」

語るまでもなく、この戦いは特設新鋭軍側が優位に立った。

残すところは残党の処理のみだろう。

追撃に向かう兵は多く、俺やペトラの出番はもう無さそうだった。

13

真っ赤な光が視界一面を包み込み、鼓膜を破るほどの轟音《ごうおん》が爆風と共に、俺に絶望をもたらした。

「ぐぁぁぁぁぁっ……！」

「あづい……あづぃよぉ……」

悲鳴が聞こえるのはすぐ手前にいた者たちだけ。

爆心地に立っていた王国兵たちは、叫ぶことなく爆破と共に弾《はじ》け飛んだ。

「そ、んな……俺の軍隊が」

「殿下危険です。下がってください！」

爆発によって飛び散った王国兵たちの残骸が、目の前に飛んでくるが、魔術障壁を張らせていたお陰で、怪我《けが》などはせずに済んだ。

だがしかし、この大爆発によって兵士の七割以上を失った。

「……どう、すれば」

「殿下。ここはもう撤退すべきです！　こちらは指揮系統がめちゃくちゃで、統率すら取れていません！」

「ダメだ……それだとレシアの願いが叶《かな》えられない」

頭が真っ白になり、爆発によって生まれた巨大な円形の凹地に向かってゆっくりと歩き出す。

下を覗《のぞ》くと、そこには王国兵たちの無惨な死骸が大量に転がっていた。

人の原形を残しているものもあれば、真っ赤でぐちゃぐちゃになった肉の塊としか思えないものも多くある。

「……これじゃあ、勝てないじゃないか」

凹地の対岸に残された兵たちは次々と帝国軍に倒されていく。

いずれはこの爆心地を乗り越えて、俺たちにも刃を向けてくるはずだ。

「殿下ッ！　そんなところにいては危険です。さあ、こちらへ……ぐぁっ！」

俺の手を引き、そのまま逃げ出そうとした将軍の一人が、突然血を吐き出して倒れた。

よく見ると、額が矢で射抜かれている。

「……終わりだ。全部台無しだ」

仲間はもう周囲に残っていなかった。

俺は完全に取り残され、両脇からは騎馬が駆けてくる音が迫っている。

レシアの願いを叶えるために、万全の準備を整えてきたのに、俺はこんなところで死ぬのだろうか。

「第二王子を見つけたぞ！」

「周辺に王国兵なし、首を取ります！」

迫るのは仲間の兵士ではない。

俺に絡み付く殺意はどんどん濃くなり、次第に俺は呼吸もまともにできないくらい、息が乱れてしまう。

――ここで死ぬのか。

生まれて初めて死を悟った。

完全に戦場を舐《な》めていた。

兵力差があれば押し切れるものだとばかり考えていた。

全ての推察が甘かった。

俺に必要だったのは、相手の策を見破って、それに対する柔軟な動きを指示することだったのだろう。

何も知らずに赴いた戦場……俺にやれることなど、無に等しかったのだ。

「すまない……レシア……」

愛《いと》しい彼女の姿を思い浮かべる。

俺はその場に座り込み、瞳を閉じた。

14

「さあ、最後の敵を殲滅《せんめつ》しますよ！」

魔道具の発動により形勢は逆転。

当初四万を超えていた王国軍の大軍勢は、魔道具の爆発に巻き込まれて、今や数千程度。

人数はほぼこちらと同等か、やや劣るほどにまで減っていた。

当然こちらは追い討ちをかける。

競り合っていた敵を全て蹴散らした後に、私は爆心地の反対側を指差す。

「王国軍を率いる総大将は恐らく、レシュフェルト王国第二王子のユーリス＝レト＝レシュフェルトです！　見つけ次第討ちなさい！」

爆心地に生まれた大きな円状の凹《へこ》みを両左右に迂回《うかい》した特設新鋭軍の兵士たちは、対岸に残っていた王国軍の残党狩りにシフトする。

——これで終わり、ですかね。

短時間だったが、疲れは何ヶ月も戦い続けたかと錯覚するほどに蓄積されていた。

身体が重いというよりも、考えることが多過ぎた。

「はぁ……こんなキツイ戦いが続かないことを祈りたいものです」

予想以上に苦戦を強いられた今回の王国軍との決戦に、自分なりの感想を述べてから、私は騎竜に乗り、爆心地の上を飛び回る。

魔道具の威力は絶大なもので、数万の敵兵を一瞬で無力化できた。

もしも魔道具の爆破というお膳立てが無ければ、負けていたのは特設新鋭軍だったと思う。紛れもない作戦勝ちだった。

「ユーリス王子を見つけたぞ！」

騎竜《キリュウ》から見えるのは、味方兵士にも見捨てられ、ただ一人地面に座り込むユーリス王子の姿だった。

見るからに戦意はなく、あとは首を取られるのを待つばかりというような状況か。

「本当に一瞬で終わりましたね」

特設新鋭軍の兵士が一人、ユーリス王子の元へと近付いていく。

彼がトドメを刺して、この戦いは終わる……そう思い、騎竜を旋回させ、ユーリス王子の方から視線を逸《そ》らした時だった。

魔道具の爆破時とは違う小刻みな揺れが、地面にヒビを生み出す。

「なっ……！」

兵士の喉の締まったような短い叫び声を聞いたところで振り返る。

「……あれは!?」

そこには地面を突き破った一体の巨大の蛇の頭部があった。

そしてよく見ると、ユーリス王子のみを丸呑《まるの》みにしているではないか。

「全員その場から離れなさい！」

不測の事態に焦り指示を出すが、黒い蛇はこちらに敵対する素振りはなく、ユーリス王子を口内に収めたまま、再び地中に潜り姿を消した。

今、何が起きた？

あんな巨大な蛇がディルスト地方の地中で蠢《うごめ》いているなんて、そんなこと知らなかった。

「周囲に警戒を！　王国軍への追撃は行わなくて構いません。とにかく、身辺の安全確保に重点を置きなさい！」

騎竜で空中を飛べているだけ、私は安心できるが、黒蛇を目撃した地に足を着けている兵たちは、しきりに足下を気にし出した。

「……これはヴァルトルーネ様に報告する必要がありますね」

王国軍との戦いに勝利したのも束《つか》の間《ま》。

新たにディルスト地方に危険な化け物が潜んでいる疑惑が浮上することとなった。

後にあの巨大な黒蛇は聖女が連れてきた神獣であると知らされるのだが、それは全てが終息した時の話だった。

15

生温《なまぬる》い暗闇の中で、俺は辛うじて呼吸をしていた。

帝国の兵士たちが迫り、俺のことを殺そうと剣を振りかざしたところまでは見えた。しかし俺に死の瞬間は訪れなかった。

刃先が俺の首を両断する寸前で、足下から何かが出てきて、俺を見知らぬ暗い空間に閉じ込めた。

そこから先は何も分からない。

外の音も聞こえず、少し生臭く、粘性のある液体に服を汚されながら、俺はただ揺れる暗闇の中で息を吸って吐くことしかできなかった。

一体どうなっている？

ここはどこだ？

俺はまだ生きているのか？

状況を一向に摑《つか》めないまま、その場でじっとしていると、不意に揺れが収まる。

そして暗闇に外部からの薄い光が差し込む。

「……ここは」

開かれた先から外に出ると、そこは帝国領内ではなく、フィルノーツの街並みが一望できる草木が生い茂った丘の上だった。

「ユーリス様、ご無事ですか？」

「――っ。その声は、レシアなのか？」

「はい、ユーリス様。私はレシアにございます」

柔らかな空気に棘《とげ》のない声音。

振り向くと、そこには巨大な黒蛇を横に従えたレシアの姿があった。

「……その黒蛇は？」

「この子は主神スヴェル様より私が賜った神獣です。ユーリス様に危害を加えるようなことは決してありませんので、ご安心ください」

「神獣……まさかあの時！」

そういうことか。

地面を突き破って、俺を暗闇に閉じ込めたものの正体は、この黒蛇だ。一瞬でよく見えなかったが、微《かす》かに黒い鱗《うろこ》のようなものが外光に反射し、煌《きら》めいていたのを思い出す。

「もしかして、君がその子を俺のことを助けるために戦場へ寄こしてくれたのか？」

聞くと彼女は小さく何度も頷《うなず》いた。

「はい。私はユーリス様のことが心配で。もし何かあった時は、この子にユーリス様を連れて戦場から逃げ出すようにと伝えておいたのです」

「なるほど。だから俺は今生きているのか……」

ほぼ死ぬことが確定していた俺のことを生かしてくれたのは、他でもないレシアだった。

「ユーリス様、あの……ごめんなさい！」

彼女は急に俯《うつむ》き謝り始める。

「まさか私……ユーリス様が死んでしまいそうになるなんて、最初は思ってなくて……」

ディルスト地方における王国軍の大敗。

彼女はそこに責任を感じている様子。

しかし今回の敗戦における落ち度は全て俺にある。

「いや……レシアは何も悪くない。全て俺が未熟だったことが原因だ」

命も救い、敗北の責任すら被《かぶ》ろうとするレシア。

俺は一体何をしたかったのだろうか。

彼女の喜ぶ姿が見たかった……ただそれだけのことだったはずだ。

……だが、結果はどうだ。

レシアの望んでいたディルスト地方を手に入れることはできず、彼女に大きな心労を負わせてしまった。

「情けないいな……俺は」

挫折など初めて経験した。

良心が初めて痛んだ。

鉛のように重くなった身体《からだ》だけが、全てが失敗に終わってしまったことを暗示させる。

手元には何も残らない。

この戦いにおいて俺が得たものは、ただ無駄に兵を失い、失敗体験を脳裏に焼き付けられる苦々しい記憶だけだった。

16

聖女との戦いを終え、特設新鋭軍の加勢に向かった俺は、目を疑った。

「……全部、終わっているのか？」

ディルスト地方に広がる平野に戦いを続けている両軍の姿はない。

魔術の撃ち合いで、騒音が響くこともなく、騎兵や騎竜兵が平野を活発に動き回っている素振りもない。

特設新鋭軍が全滅してしまったのかもと一瞬考えたが、すぐ目の前に特設新鋭軍の兵士が歩いているのを見て、その可能性はないと悟る。

「どうなっているんだ？」

「王国軍の姿がありませんね……ってアレを見てください！」

相乗りしている騎竜兵が驚いたような声を上げる。騎竜兵の視線の先には、不自然にできた大きな黒い凹みのようなものがあった。

穴底からは大きな黒煙とところどころ火の手が上がっている。

「あそこって魔道具が仕掛けられていた場所ですよ！　地面が大きく陥没してませんか？」

目を凝らすと、爆心地と思わしき窪《くぼ》みには、焦げた死体のようなものが大量に横たわっていた。

そしてその周囲を巡回する騎竜兵たち。

王国兵と思《おぼ》しき鎧《よろい》を着た者たちは見当たらなかった。

「もしかしてやったんじゃないですか!?」

「王国軍もいないし、つまりそういうことだよな！」

騎竜兵たちは途端に笑顔になり、勝利を祝うように武器を天に掲げた。

完全勝利……か。

俺はあまり実感が湧かなかった。

王国軍の大軍勢が完全に蒸発し、特設新鋭軍が勝利を手にした。もちろん勝てるように最善の手を尽くしてはきたが、本当に王国軍を壊滅にまで追い込むとは。

「アルディア殿。やりましたね！　我々の勝利ですよ」

「ああ。そうだな……」

俺が駆け付けるまでもなく、特設新鋭軍は立派に戦い抜いた。

結局、この日における俺の出番は、白蛇を瀕死《ひんし》に追い込んだところまでだったらしい。

あの圧倒的な人数差を覆し、勝利を手にした特設新鋭軍は名実ともに現最強の軍隊であると再認識させられた。

爆心地を取り囲むように特設新鋭軍の兵たちの姿がチラホラあった。

――ペトラ、スティアーノ、アンブロス。

三人は喜びを分かち合うように楽しげに顔を向き合わせ、語り合っている。

騎竜に乗りながら、真剣な面持ちで指示を出し続けるリツィアレイテも、心なしか表情に余裕がでてきたように見える。

「……終わった、のか」

遠方から収束した戦場を眺め、俺が呟《つぶや》くと、すぐに騎竜兵も頷き、手綱で操る騎竜をその場で滞空させた。

「僕たちの出る幕はないみたいですね。戻りますか」

「ならルーネ様の元へと向かってくれ。特設新鋭軍が王国軍に勝利したことを伝えたい」

「了解です！」

勝利の吉報を聞いて、ヴァルトルーネ皇女はどんな反応をするだろうか。

人目を憚《はばか》らず喜ぶか……それとも先に待つ王国との全面戦争に向けて、より気を引き締めるように言い含めるだろうか。

どちらにしても俺のやるべきことは変わらないだろう。

ヴァルトルーネ皇女の出した命令に従い、彼女の望みを叶《かな》えるために時には犠牲も厭《いと》わずに、専属騎士の責務を果たす。

17

教団軍の狙いは定かには分からなかった。

聖女の残した言葉の意味も、教団軍が何故《なぜ》神魔の宝珠を手に入れることに固執していたのかも、調べたところで納得のいく説明はつかないものだった。

「殿下。近辺に教団兵の姿はありません。完全に撤退したと考えてよろしいかと思います」

敵影は完全に消え、教団兵の死骸や遺品もほぼ回収した。

白蛇が荒らした森林には、争いの起こった痛々しい爪痕だけが残っている。

私はすぐに兵士の言葉に頷き、ディルスト地方の平野に向けて歩き出す。

「そう。なら私たちも特設新鋭軍の加勢に向かいましょう。あちらの戦況は厳しいかもしれないから」

「はっ」

兵士はしきりに周囲への警戒を行いながら、私の隣を歩く。

特設新鋭軍がどうなっているか気になる。

自然と歩くペースは普段よりも速くなっていた。

木々の生い茂る森林を抜けて、平野に続く長い獣道を進んでいく。

「ルーネ様」

「え?」

ふと上空より名を呼ばれて、見上げると騎竜《キリュウ》に乗って平野方向へと向かったはずのアルディアが、引き連れて行った騎竜兵全員を連れて戻ってきていた。

「アル。特設新鋭軍の救援に向かったのではないの?」

「はいその件についてご報告が……」

「まさか……全滅だなんて言わないでしょうね」

口元を隠して、小声で独り言を呟く。

もしも最悪の知らせを聞くことになったら、今すぐにでも帝都へ帰還し、帝国軍に出動要請をしなければならなくなる。

「……何があったか、聞かせて」

覚悟を決めて、アルディアに事情を尋ねる。

彼は一片も変わらぬ真面目な顔付きで口を開く。

「実は我々が特設新鋭軍の救援に向かった頃……ディルスト地方では……」

「………」

「王国軍の姿がありませんでした」

「……どういうこと?」

王国軍の姿がなくなっていた……それはつまり。

「特設新鋭軍の完勝です。敵は魔道具の仕掛けられたエリアに足を踏み入れ、そのまま爆発と共に大勢が吹き飛んだと思われます」

最後の言葉まで言い終えると、彼は強張《こわば》った頬を緩め、軽く微笑《ほほえ》む。

「ルーネ様。我々はこの地を守り抜いたのです！」

何故だろうか。

まだ実感が湧いてこない。

かつて王国に占拠されたディルスト地方。

この侵攻がかつて世界中を巻き込み、帝国を滅亡に追いやった大戦の最初の火種だった。

ディルスト地方を占拠する王国と教団。

祖国の領土を取り返そうと、頻繁に兵を送り込んだ帝国。戦いは次第に激化し、ディルスト地方だけでなく、中立都市フィルノーツやレシュフェルト王国領、それからロシェルド共和国までも巻き込んだ世界的戦争へと発展した。

暗闇に覆われた帝都に放たれる灼熱《しやくねつ》の炎が柱のように高く立ち上る光景が目に浮かぶ。

少なくとも今日という分岐点で過去の敗北を勝利に変えたことで、あの悲劇を同じ過程で繰り返すことはなくなった。

必要以上に犠牲を出すような戦いはなくなり、ここから先はかつての戦いとは別物。

他国が介入することのない王国と教団の連合軍との戦争になることだろう。

「……そう。私は運命を一つ覆せたのね」

胸が熱くなり、私は自分がどんな表情を浮かべているか分からないほど、感慨に浸っていた。

騎竜は地へと降り立ち、アルディアは私の元へと駆け寄ってくる。

「ルーネ様」

彼が私の元まで来ると、その他の兵士たちは自然とその場を離れていった。

私と彼の二人だけの空間。

森林には鳥の囀《さえず》りと草花が風に揺れる音以外聞こえなくなっていた。

「アル」

私の前に屈《かが》み瞳を閉じている彼の姿を見て、過去に王国騎士として私の前に立ちはだかった最強の宿敵を思い出す。

かつて帝国にとって最大の脅威だった人物は、私にとって最も信頼を置くことができる専属騎士となってくれた。

彼には報いても報いきれない恩ができた。

「……貴方《あなた》が仲間で良かったわ」

「それを言いたいのは俺の方です。ルーネ様に仕えることができて、俺は幸せです」

忌々しい過去を塗り替え、私たちは新しい歴史を作り出すことになるだろう。

その一歩を踏み出そうとする時、過去には意識すらしていなかった最狂の脅威を迎え撃つことになるはずだ。

「アル……聖女のことだけど。彼女には私たちの持つありとあらゆる記憶によるアドバンテージは通用しないと思うわ。今後における一番警戒すべき存在よ」

「承知しております。あの女は特に危険です……それに聖女の語っていた話。教団の崇《あが》める始祖神スヴェルが俺たちの命を狙っているという件についても、調べを進めた方が良いかと」

神に愛された聖女を敵に回し、この世界を創ったとされる始祖の神スヴェルすらも、私たちが必死に生き残ろうとすることを疎ましく思っている。

今のところは神が干渉してきたというような痕跡はない。

きっと逆行前と同じ歴史を辿《たど》っていたからなのかもしれない。

……でも、今はもう違う。

帝国が王国の侵攻を凌《しの》ぎ切ったことにより、歴史に歪《ゆが》みが生じた。もちろん私たちは今後も破滅の運命に抗《あらが》い続け、神が定めた世界の流れに逆らうつもりだ。

「アル。私は最期の時まで屈しないわ。たとえ神が敵になろうともね」

「心得ております。俺も最期の時まで、貴女《あなた》に仕えるつもりですから」

これから先、思い通りに物事が進む気がしない。

私たちの知らない激動の歴史が流れ始める予感がしていた。

もしも運命というものがあり、私たちの力では決して変えることのできないものだったとしても、きっと諦めたりはしないだろう。

アルディアと共に歩む道を自ら選んだ時のように、私は自分自身で未来を決める。

18

「くそ！　ディルスト地方の侵攻が失敗だと……!?　ふざけたことを抜かすな！」

聖職者にあらざる語気の強さで、目の前の老人は卓上に置かれていた書類や筆記具を思いっきり地面にぶち撒《ま》けた。

還暦を過ぎたくらいの小太りの老人は何度も卓上に拳を振り下ろした。

彼は血管がはち切れそうなくらいに顔の上半分を赤く染め、長く白い顎髭《あごひげ》を揺らしながら激怒していた。

「レシア……私は言ったはずだ。ディルスト地方を掌握し、必ず神魔の宝珠の採掘場を確保せよと。あそこは我々スヴェル教団の聖地だ。我々はあの場所を手に入れる義務と権利がある!!」

スヴェル教団の大司教は大きな足音を立てて私に詰め寄ってくる。

「なのに何故！　帝国軍なぞに敗れ、一人のこのこと逃げ帰ってきたのだ!?」

――はぁ。これだから老害は面倒なのよ。

内心毒を吐き散らしたくなったが、私は清廉潔白な聖女レシア。本性は晒《さら》しても不利益が起こり得ない相手にしか晒さない。

私はわざとらしく怯《おび》えた顔になり、大司教に深々と頭を下げる。

「もっ、申し訳ありません！……帝国の兵士たちがあまりに強く、神獣を以《も》ってしても太刀打ちができませんでした……」

「ちっ。この役立たずがッ！」

汚らしく唾を飛ばす大司教は大仰に趣味の悪いソファに座り込む。

「いいか。あの場所は必ず取る。必ずだ！　今回は運悪く頭の悪いユーリス第二王子が軍の指揮でヘマをやらかしたようで、計画も頓挫してしまったが、私はまだ諦めていない！」

「……ですが大司教様。大司教様が遣わしてくださった司祭の方々は皆殺されてしまいました。私の治癒魔術も間に合わず、誰一人として生きては帰れませんでした」

「ふん。私の側近を無駄死にさせおって……役立たずな聖女だ」

大司教は愚痴りつつも、真っ白な顎髭を弄《いじ》りながら唸《うな》り、そして一つの命令をしてくる。

「……そうだ。貴様は戦うことも、軍の指揮もまともに取れないが、愛嬌《あいきょう》だけはある。お前のその愛嬌で今度は第一王子を誘惑してこい！」

またもめちゃくちゃなことを言い始めた。

ユーリス王子と接触を図ることになったきっかけも、大司教の命令によるものだった。

第二王子である彼は比較的懐柔しやすい性格だったが、第一王子はユーリス王子よりも厄介な性格だ。

私も大概だが、第一王子は稀《き》代《たい》の性悪であると聞く。

操りにくそうな人間と関わり合うことは避けておきたい。

「だ、大司教様……それはもう無理です！」

「うるさい！　黙って私の言うことを聞け！　そもそもお前が私の役に立ちたいからと言うから、私が命令を下してやっているんだ。聖女だからと図に乗るでないぞ！」

「……はい。分かりました」

「ふん。分かればいい。くれぐれも私の命に反するような行いはするなよ？」

「心得ておりま……はぁ」

私が言葉を残す前に、大司教は部屋を出て行ってしまった。

人の話は最後まで聞くべきだと、誰かに教わらなかったのかしらね。

大司教がいなくなり、私は深いため息を吐《つ》く。

「……やっぱり狙いは神魔の宝珠。狂瘴剤《きょうしょうざい》の開発に必要な材料の一つ、ね」

私は大司教のデスクの引き出しから盗み出した『狂瘴剤』に関する論文を眺める。

人の肉体に劇的な変化をもたらす危険な薬物。

使用者には著しい理性の喪失と引き換えに肉体と魔力の増強が見られる。

「表向きはそう書かれているけど……」

あの大司教が、その程度の効果を持つ薬の開発に固執するわけがない。

神魔の宝珠が狂瘴剤開発をする上で、瘴気《しょうき》に並んで重要な材料なのは間違いない。問題はその効果の詳細だろう。

瘴気は絶大な力を与えてくれる代わりに、人として必要な理性を失ってしまう毒そのもの。

力に魅せられ、瘴気に飲み込まれたら最後、まともな人間には戻れなくなる――それはつまり、心を失った哀《かな》しき怪物に成り下がるということ。

「瘴気の危険は大司教も知っているはず……彼はどうして狂瘴剤なんていう危険な薬物の開発に手を出したのかしら？」

瘴気に当てられた者と狂瘴剤を服用した者の症状は一致している。

同様の効果を発揮するはずなのに、瘴気は忌避し、狂瘴剤を求める理由。

大司教の考えそうなことをいくつか思い浮かべ、私は一つの結論に至った。

「……永遠、かしらね」

瘴気に侵された者は心を失い、制御のできない化け物となる。

そんな彼らには理性がないことと、肉体や魔力量の増強以外に特徴がある。

それは肉体の老化速度が劇的に遅くなるという点だ。

不死身ではないものの、何か重大な要因さえなければ長期間死ぬことのない存在。

肉体はほぼ衰えることがなく、瘴気に侵された身体の部位は生物とは思えないほど硬質化し、怪我《けが》を負うリスクも少なくなる。

まあ、いずれ身体全体が変異し、人としての形状を維持できなくなるのだが……。

きっと大司教は瘴気が人に与える特殊な効果を問題なく発揮させて、不必要な副作用を削るために『狂瘴剤』の開発に着手しているのだろう。

……なら、神魔の宝珠は副作用を抑えるための材料として採用したのか。

「確か神魔の宝珠には伝承で、感情を繋《つな》ぎ止める効果があると言われていた……あんな迷信を信じたというの？」

この仮説が正しかったとしたら、大司教は大馬鹿者だと言える。

失うべき心を担保し、永遠を生きる肉体を得ようとする魂胆が丸分かりだが、私の推測だと、彼の理想が叶《かな》う日は来ない。

瘴気という本来この世界に存在してはならない物質を、人間如《ごと》きが扱いきれるわけがないのだ。瘴気はこの世の理《ことわり》を歪めてしまうほどに悪影響を及ぼすもの。

スヴェル様も頭を悩ませるほどの代物だった。

だから、たかが綺麗《きれい》な石ころに、瘴気の毒素を中和する力などない。

大司教のやろうとしていることは、間違ったことであり、一部で確認されている瘴気の汚染を世界中に広げてしまうような危険な行為だ。

「永遠なんて、求めるべきじゃないのにね」

終わりのない生は何よりも残酷だ。

生物は終わりがあるからこそ、日々懸命に生きようとする。

死を免れ、永遠に生き続けようとするのは、世界の理から外れる行いだ。

「……やはり大司教は私がこの手で始末しなければならないようですね」

スヴェル様に誓ったことを思い出す。

歴史を歪める存在は排除すべきと。

瘴気はこの世から完全に消し去るべきもの。

それを悪用しようと言うのであれば、大司教もまた私が始末すべき対象の一人となる。

聖女レシアは神と交わした誓いを忠実に守る。

スヴェル教団は元々利用してすぐ捨てるつもりだったが、大司教の企《たくら》みがスヴェル様の意向に背く行いであるなら、見過ごすわけにはいかない。

「ひとまずは大司教に怪しまれないように動かないと」

まずは第一王子を誘惑する。

気乗りはしないが、体裁上だけでも実行すべきだろう。

王城まで馬車を回すように教会関係者に取り合うため、私は司祭たちがいる部屋に向かうのだった。

第五章　砕けたプライドと心なき少女の苦悩

1

ディルスト地方において王国軍、そして教団軍が大敗を喫した日の二日後のことだった。

街中の人通りもめっきり減って、そろそろ教会の外扉を施錠しようと思っていた頃、ユーリス王子が深夜の教会へと姿を現した。

「……ユーリス様？」

「…………」

予想外の人物が現れたことに、私は一瞬言葉に詰まったが、すぐに声音をワントーン高いものにし、対応する。

彼は私が名前を呼んでも返事をしない。

それどころか俯《うつむ》いたまま、生気が抜けたかのようにフラフラしている。

「こんな夜更けにどうされたのですか？」

再度声を掛けるが、それでも彼は何も答えない。

ただゆっくりと夜の教会の通路を歩き、こちらへと近付いてくる。

蠟燭《ろうそく》が数本だけ灯《とも》された教会内部は、最奥の祭壇以外はほぼ真っ暗闇。

一歩一歩近付いてくるユーリス王子に、私は首を傾《かし》げた。

やがて彼の顔が蠟燭の光に照らされて、見え始める。

「……？」

彼の目元は真っ赤に腫れ、唇は強く嚙《か》み締めた影響か若干の出血が見られた。

「あのユーリス様？　口から血が出ていますよ。大丈夫……」

「……う」

切れた唇が痛くないか聞こうとしたところで、ユーリス王子は力が抜けたかのように床に膝を突いた。

放心状態の彼は瞬《まばた》きすらしない。

頰を伝う涙が床に敷かれたカーペットに滲《にじ》み、私はそんな彼の頰にそっと触れる。

「どうして泣いているのですか？」

「……すまないレシア。俺は君の望みを叶えてやることが……できなかった」

彼が一番に口にした言葉は私に対する懺悔《ざんげ》だった。

ダメだ。理解が及ばない。

何故《なぜ》そんなにも私に対して謝るのだろうか。

ディルスト地方侵攻は、向こうに前世の記憶を持つ選定者がいた時点で、敗北の可能性があると考えていた。

それに私自身、今回の王国軍が帝国軍に勝とうが、敗れようがどうでも良かった。ただ私の進める計画の隠れ蓑《みの》になればいいなくらいに思っていたから。

私は泣き崩れる彼に対して、どんな言葉を掛ければいいか分からなかった。

「君の願いを叶えてあげられなくて、悔しくて……すまない……」

——こういう時、私はどんな対応をするのが正解だろうか。

「…………」

「ひぐっ……」

啜《すす》り泣くユーリス王子に私は何も言うことができない。

彼が泣き崩れるほど、ショックだったことが何か分からないからだ。

「すまない。本当に……俺はダメな男だ。好きな相手の願い一つすら叶えてやれない」

「ユーリス王子」

私は感極まった……ような対応をしてみる。

彼を慰める対応としては、きっとこれが正解だろう。

私はゆっくりとしゃがみ、ユーリス王子の背を撫《な》でる。

「大丈夫です。ユーリス様は何も悪くありません。だから泣き止《や》んでください」

「こんな俺に、まだ優しくしてくれるのか……？」

「当たり前です。私はユーリス様のことを誰よりもお慕いしているんです」

——真っ赤な嘘《うそ》だった。

「だから今回の失敗をそんなに重く捉えなくても大丈夫です。私の無理な要求を聞き入れてくださっただけで、私はもう十分嬉《うれ》しかったですよ？」

「……レシア」

ああ。私はまた嘘を塗り重ねたのか。

完璧な作り笑顔で、純真な聖女を演じる。

私はいつまでこんなことを続けるのだろうか。

第二王子である彼のことを利用して、司教が抱く私への不信を完全に消し去った。計画は順調に進んでいる。彼は私の役に立ってくれた。もう関わり合う必要はない。

けれども、

「レシアッ、レシアッ……！」

私は彼のことを拒絶できなかった。

利用しきった相手だ。さっさと切り捨ててしまえばいい……そう考えることが自然なはずなのに、何故私はそれをしないのだろうか。

私の太もも で咽《むせ》び泣くユーリス王子の後頭部を眺めながら考える。

果たして私は何をするのが正解なのだろうか、と。

スヴェル様の願いを叶えるために私は私にとっての一番大事なものを失った。

だから私には彼が涙する理由を察することができない。

「大丈夫です。私はずっとここにいますから」

甘い言葉も。

柔らかな表情も。

優しい手付きも。

私の全ては……偽りで塗り固められた空虚なものに過ぎない。

何もかもがどこかで得た知識による模倣であり、そこに温《ぬく》もりはない。

「私はユーリス様のことをお慕いしているんですよ?」

――中身のない言葉だ。

そんな感情は自分の意思で過去の世界に置いてきたくせに。

『……スヴェル様どうか私の心の一部を奪ってください。そうすれば必ず、スヴェル様の悲願を果たすことができると思います』

私が忘れた心――それは『愛情』。

誰かを愛《め》でて、大切に想《おも》う心。

私はその一番大事な感情を捨て去った。

スヴェル様から受けた使命を果たすために、必要なことだったから。

「ユーリス様……私は」

彼の泣き声に掻《か》き消されるような微《かす》かな声で、私は問いかけようとするが、その先に続く言葉は決して外には出せない。

『私はまだ人でいられていますか？』

司教を散々化け物呼ばわりした私。

にもかかわらず、私は自分自身のことが分からなくなっていた。

愛する人が悲しんでいる時、胸に感じるはずの痛みもなく、私は彼のことをなんとも思っていないのだと認識する。

それが余計に虚《むな》しくて、時々生きている意味を忘れそうになる。

「……使命を果たしたら、私は」

――私はどうなるのだろうか。

聖女として持っていなければならない『愛情』を捨てて、主神の命令に従う操り人形に成り下がった愚かな少女。

それが今の私。

心の欠けた聖女レシア。

中身が空っぽな、不完全な存在だった。

2

今の俺にとって、全てにおいて優先すべきがレシアのことだった。

生まれて初めて異性を好きになった。

レシュフェルト王国の第二王子に生まれて、誰かに尽くしたいと思ったのはレシアだけだ。彼女は俺の特別な存在。

俺がどんなにダメなやつでも、彼女は優しく常に肯定してくれる。

それが心地良くて、俺は彼女に一層心を奪われた。

「レシア。俺はあの戦いで負けて以降、自分に自信が持てなくなった……」

「自信が持てないだなんて……ユーリス様は素晴らしい方です。一度の失敗くらい誰でもすること。どうか落ち込まないでください」

――ほら。やっぱりレシアは俺のことを否定したりしない。

俺の情けない部分も全て受け入れてくれる包容力。

こんな彼女だからこそ、俺は尽くしたいと強く思うようになったのだ。

「レシア。俺は君に何かしてあげたい。何かして欲しいことはないか?」

一部の者からは聖女を盲信し過ぎていると後ろ指を差されることもあるが、俺はそれでもいいと思っている。

彼女に向ける俺の想いは本物だ。

この強い気持ちを彼女には分かっていてもらいたい。

「俺は君のためならなんだってやれる」

彼女は誰よりも清らかで優しい心の持ち主。

どんなことがあろうと、俺が彼女に向ける気持ちは変わらない。

「なんでも……ですか？」

「ああ！　次こそは必ず、君の役に立ってみせる！」

レシアは少し考え込むような仕草をし、やがて両手を合わせて告げる。

「私はユーリス様が健康に長生きしてくだされば、それだけで構いません」

「……え。そんなことでいいのか？　もっとこう、欲しいものとか、やりたいこととか」

「いいのです。一度私の無理なお願いを聞いてくださっただけで、それだけで嬉しかったのですから」

彼女は俺に何も求めなかった。

それどころか申し訳なさそうに目を背け、自嘲気味に笑う。

「……ごめんなさい。ユーリス様、ディルスト地方の侵攻、あれは司教様に命令されたことなのです。なので私が本来望んだことではありませんでした」

衝撃的な言葉だった。

何故今になってそんなことを言うのだろうか。

俺の行動の意味が失われてしまいそうで、その先の言葉は聞きたくなかった。

「……司教は私にユーリス王子を利用し、王国と帝国の争いを起こさせようとしていました。本当にごめんなさい」

積み上げてきたものが崩れてゆく。

……ならレシアが俺に向けてくれた優しさ、あれは全部演技だったというのか。

俺はレシアにだったら利用されても構わないと思っていた。彼女の優しさに浸れていれば、俺は他に何もいらないとさえ思っていた。

「ユーリス様、司教様は貴方《あなた》を再び利用しようとしてくると思います。でも私は、ユーリス様を傷付けたくない。貴方のことを本当に慕っているから余計にそう思うのです」

レシアの流した大粒の涙。

俺はその瞬間、彼女を抱き寄せた。

「すまない。今まで苦しい思いをさせたな」

「いいえ。こちらこそ騙《だま》すような真似《まね》をして、ごめんなさい……」

大司教に利用されていたことなど俺にとってはどうでもいい。

レシアが俺のことを想って、真実を話してくれたことが嬉しかった。同時にこんなにも心が澄んだ彼女のことを、己の身勝手によって苦しめた大司教を憎らしく思う。

大司教への怒りが、帝国軍に敗れたことへの悔しさを上回った。

「レシア。もし君が大司教の命令に背けない事情があるのなら、俺に言ってくれ。君のことを全力で守ると誓うから！」

「そんな……私なんかを守るためにユーリス様が大司教様と対立するなど」

「そんなことは気にしない。俺は君さえ幸せであれば、それで十分なんだ」

スヴェル教団との対立はレシュフェルト王国にとって本意ではないことだ。しかし俺が教団に敵意を抱くことくらいは個人の自由として許されることだ。

レシアを想う一人の男として、俺は再度レシアに問う。

「レシア。君は大司教から逃げたいんじゃないか？　もしそうなら、俺にその手助けをさせてくれ」

「――っ。ユーリス様」

レシアは俯《うつむ》き、暫《しばら》くの間目を瞑《つぶ》った。

きっと俺のことを巻き込みたくないという彼女の中での葛藤があるのだろう。

けれど一歩踏み出して、俺のことを頼ってほしい。

「レシア。俺は君のためならなんだってする。この命に懸けて誓う！」

「……本当に、後悔なさらないですか？」

「ああ！　俺の手を取るんだレシア！」

遠慮がちに差し伸べられたレシアの手を俺は両手で包み込む。

司教の魔の手から彼女を守ってみせる。

「教会からは離れられないのか？」

「少なくとも勝手に抜け出すことは許されていません……もし私をここから連れ出してくれるというのなら、正式な文書を基に、療養という名目で静かな土地へ向かわせることを命じてください」

「分かった！　それがレシア、君の願いなんだな？」

「はい」

よかった。彼女は素直に俺に己の本心を告げてくれた。

俺は第二王子としての立場を最大限利用して、彼女のことを必ず幸せにする。

スヴェル教団になど屈しない。

レシアが幸福な未来を摑《つか》めるよう、これから先も尽力していこう。

3

上機嫌なユーリス王子を見送ってから、教会の扉を閉じ、私は薄暗い天井を見上げた。

無駄に高い天井には、スヴェル様を模した絵が描かれ、そこには神を献身的に支える聖女の姿もあった。神々しい絵画にうっとりする者も多い中、私は常々この絵画が嫌いだと思っている。

「……遠いわ」

私がどれだけ背伸びをし、手を伸ばしたところであの聖女の絵に触れることすらできない。まるでお前は人々が崇《あが》める理想の聖女にはなれないのだと後ろ指を差されているような不快な気分になる。

「切り捨ててしまおうと、そう思ったのにね」

私は聖女としては不適格だ。にもかかわらず私に好意を寄せているユーリス王子。

彼の期待の籠った眼差《まなざ》しを思い出す。

もう関わり合うのはやめよう。一言そう言えばそれで済む話だった。

私は第二王子である彼の立場を利用して、ディルスト地方侵攻に教団の指揮官として加担。

その結果、司教の信頼を得ることができた。

ここから先は私が一人で使命遂行に動くべきだ。

そう考えていたはずなのに、また彼のことを利用してしまった。

第二王子と司教が対立してくれれば、私は目立つことなく自由な立ち回りを行える。

療養と称して教団関係者の目が届かないところに行き、監視の目がない場所に新たな活動拠点を設ける。

そうすれば、私はスヴェル教団の聖女としてではなく、スヴェル様からの命令を遂行することだけに集中できる。

「邪魔が入らない安住の地を手に入れる……それは魅力的なことだもの。今回ばかりは仕方がないわ」

ユーリス王子は私のことを盲目的に信じている。

きっと私が願えば、親族を殺すことも厭《いと》わないだろう。

私から言わなければ、彼は離れてくれない。誰かに寄り添ってもらおうなんて、私は望んでいなかった。そのはずなのに私は彼を突き放すことができなかった。

「手放してあげたかったのに……こんな私を愛してしまうなんて、可哀想《かわいそう》なユーリス様」

彼は私に『愛情』というものがないと知らない。

私が演じる上辺だけの優しさに騙され、これから先も利用され続ける。

誰かの言いなりになる人生。彼もまた空っぽの私と同じ……自分のためではなく、誰かのために生きている。

でもそれは考えるだけ無駄なこと。

「ふっ……」

息を吐き、蠟燭《ろうそく》の灯《あか》りを消す。もう夜も遅い。先のことを考えるのは後回しにしよう。

結論を導けない問答を続けていても疲れてしまうだけだから。

私にとっては空虚な生き方に思えても、彼にとっては何か意味のある生き方かもしれない。それは人それぞれ考え方が違うから、肯定も否定もできない。

私が彼にしてあげることは何もない。

利用するだけ利用して、見返りを求めない彼を徹底的に使い潰す。

「……だからせめて彼の理想的な私を演じ切ってあげましょうか」

何も与えられない私が、彼の人生を崩さないためにやれることは、純真で愛に溢《あふ》れた彼の理想とする『聖女レシア』を演じ続けることだけだ。

せめて最後まで甘い夢を見せてあげよう。

それがきっと彼の願いだと思うから。

第六章　協定の締結に向けて

1

王国軍と教団軍との熾烈《しれつ》な戦いが終わり、視察は途中で中止される結果となったまま、現地で解散となった。

「ラクエル！」

呼ばれて振り返ると、そこには少し疲れたような顔をしたヴァルトルーネ皇女の姿があった。

「ルーちゃん。大丈夫だったの!?」

「ええ。ごめんなさいね。せっかく来てくれたのに、こんな結果になってしまって……」

彼女は申し訳なさそうに深々と頭を下げた。

視察の中止は王国軍が攻め込んできたことが原因。彼女は何も悪くない……それどころか視察団に被害が及ばないように自分が最前線に立ち、必死に守ってくれた。

そんな彼女に感謝こそすれど、非難することはない。

「頭を上げてルーちゃん」

「……ラクエル」

「ルーちゃんは私たちを守ってくれた英雄よ。あんなに多くの兵士が侵略してきたのに、逃げること一つせず、勇敢に立ち向かって行った。それはきっと私だけじゃなくて、視察団の全員が感じたことだと思うわ」

今回の視察が予期せぬ横槍《よこやり》のせいで中途半端に終わってしまったことは残念だ。けれどもヴァルトルーネ皇女が皇族でありながら矢面に立ち、王国軍の撃退に貢献したことは、各国から見る帝国への印象をより良いものにした。

彼女の頑張りは無駄じゃない。

「自信を持って。ルーちゃんは素敵な皇女よ……私も貴女《あなた》を見習わないとね」

神魔の宝珠の採掘場に赴くことはなくとも、彼女が創ったとされる特設新鋭軍がいかに優秀かは遠くから戦場を見ていた私たち視察団にも伝わった。

少数精鋭でありながら、数に屈することなく、見事にディルスト地方を守り抜いた。

それだけで視察の結果として持ち帰ることができる大きな収穫と言えるはずだ。

同時に身勝手な侵攻を行ったレシュフェルト王国には大きな不信感が生まれた。

ロシェルド共和国は隣国というのもあり、王国と比較的友好関係を築いてきたが、今回の一件は世界的にも信用を落としかねない王国側の失態だと思う。

「……王国軍が帝国へ侵攻してきたことは、後日評議会で話そうと思うわ。帝国側も無条件に許したりはしないのでしょう?」

「ええ。今回の件を父上に伝えて、王国に抗議文書を送るつもり」

「ということは……王国と帝国の全面戦争になる可能性もあるよね」

「あまり考えたくはないけれど、ラクエルの言う通りよ。帝国の誇りを守るために泣き寝入りは絶対にしないと思うから」

もしも王国と帝国が戦争を行うことになれば、共和国の立場も深く関わることだ。それこそ、どちらかに味方をしてくれと要請された時には、国の存亡を賭けた決断を下すことになるだろう。

「ねぇラクエル、もし王国と帝国が戦争状態になったら、共和国はどうするの？」

核心を突く質問に私は言葉に詰まる。

ディルスト地方の一件を知らずに両国が対立することになっていたら、間違いなく共和国は王国側に付いていただろう。しかし宣戦布告もなく王国が帝国へと侵略をした事実が広まれば、評議会でも王国派か帝国派で二分されると思う。

「正直まだ分からないわ。私は評議会議員の一人で、国の方針を独断で決定するほどの力は持ち合わせていないもの」

そう告げてから私は彼女の瞳をジッと見つめる。

「でも、私個人としては帝国に付きたいと思っているわ」

「……ラクエル。その言葉が聞けただけで、私は嬉《うれ》しいわ」

「まあルーちゃんと殺し合いするなんて、考えたくないしね」

冗談っぽくそう言ってみたが、実際帝国と対立することは共和国にとっても芳しくないことだろう。

「そうね。私も貴女を敵として認識したくないわ」

苦笑いを浮かべるヴァルトルーネ皇女の瞳には、それでも対立したときには私を討つだろうなと思わせるほど、迷いが見られなかった。

情勢に翻弄され続けるのが、上に立つ者の定め。

両国間の関係に暗雲が立ち込め、彼女の心中では不安に思うことが多くあるはず。

それでも彼女はその不安を一切表に出すことなく、視察団の者たちへの心的ケアを優先して行っている。

「じゃあラクエル。他の方への挨拶を済ませてくるわ」

「うん。そうだね」

控えめに手を振り、彼女の大人びた後姿を眺める。

私は彼女の皇女としての意志の強さに憧れる。

国の今後を考えると、私は不安で眠れなくなる日もある。それは自分を圧迫する責任が大きければ大きいほど顕著に表れるものだと思う。

「……そっか。もう、私が追いつけない場所まで行っちゃったんだね」

士官学校の頃は、友人としてヴァルトルーネ皇女とそれぞれ立派な指導者になろうと語り合った仲だった。当時は私も彼女もまだ子供で、これから国を率いる指導者としてゆっくり時間をかけて一人前になっていくのだろうと思っていた。

でも彼女は士官学校卒業を機に、多くの民を導く頼もしい皇女となった。

私がまだ半人前の議員である中、彼女は帝国でただ一人の皇女として様々な重圧に耐え、そして大人になったのだろう。

環境が人を変えると言うが、そんなのはきっかけの一つに過ぎない。

彼女が勇姿に満ちた素晴らしい皇女となったのは、彼女が積み上げてきた今までの努力が実を結んだ結果なのだ。

「負けてられないな」

彼女の立派な立ち回りに触発されて、私も胸に熱いものが宿った。

共和国の評議会議員として、政治の荒波に揉《も》まれながらも、民を想《おも》った正しい政策を提案していきたいと考えた。

この視察イベントは私にとっての転機になった。

自分のことを半人前の新人議員だと言い訳するのはもう終わり。

共和国の政策を決めていくための議席を一つ占領しているのだから、他の議員と同じく、自分の意見を持って、民のことを第一とした選択を取るべきだ。

ディルスト地方にて激動の一日を過ごした私は、彼女と肩を並べられる日が来るように願う。

学生時代の思い出を胸の奥底に仕舞い、未来を進む彼女の姿を私は追い掛ける。

未熟な自分と決別し、あの時彼女と誓い合った、お互い素晴らしい指導者になるという話を現実のものにするために。

2

視察イベントは中止となり、再度行われるかは未定として、視察団の方々には各国へ帰還してもらうこととなった。

ディルスト地方での戦いは、細かいアクシデントこそあったものの、概《おおむ》ね計画通りに進んでおり、私としては満足のいく結果が得られた。

「この度はこのような結果になってしまい、誠に申し訳ありません……」

「頭をお上げください。ヴァルトルーネ様……貴女の勇姿は遠くから拝見しておりました。視察団一同、殿下の深い配慮に感謝を申し上げたいと思っていた次第ですよ」

「ありがとうございます」

視察団の方々への挨拶回りを行っていると、不意に肩に触れられる。

「ルーネ様。お忙しいところすみません。至急確認したいことが」

生真面目な顔つきで現れたのは、専属騎士のアルディアだった。

彼が手に握る見覚えのない紙束を目にした瞬間、すぐに解決すべき事案が巻き込んできたことを察した。

私は話しかけようと思っていた視察団の方に許可を取って、その場を後にする。

「お邪魔してしまい本当に申し訳ありません」

「構わないわ。それより、大事な話なのでしょう」

「はい。実はファディより本日、侵攻と同時刻にディルスト地方のとある場所で反皇女派貴族の集会が王国兵たちに襲撃されたとの報告を受けました。襲撃現場に残っていた王国兵たちは一人残らず殲滅《せんめつ》済みということで、帝国領内に危険はないとのことです。しかし集会場所で気になる文書を発見したらしく、ルーネ様に確認してほしいとファディからコレを渡されました」

アルディアからの報告に私は首を傾《かし》げる。

「気になる文書？　それは密会をしていた反皇女派貴族の人たちが残したものってこと？」

「はい。どうやら薬物生成に関するものらしいのですが……」

言葉を濁しながら、彼は回収したであろう文書の束を近くにある仮設机の上に置いた。

束ねられた紙束は鉄製のクリップで一つにまとめてあり、角にやや破けたような跡がある以外は綺麗《きれい》な代物だった。

「これがその文書ね」

「ご覧ください」

タイトルは『狂瘴剤《きょうしょうざい》に関して』というもの。

聞いたことない薬物の名称だ。

「これは……最近帝国で流行《はや》っている薬物なの？」

「いえ。ファディに聞いたところ、彼は知らないそうです」

「ということは、ごく最近流通しているものなのかもしれないのね」

話しながら私は文書を一枚捲《めく》る。

そこには『狂瘴剤』を生成するためのレシピと薬の使用者に起きた症状などが複数枚のカルテに記載されていた。

狂瘴剤の効果は爆発的な肉体の強化と体内魔力量の劇的な増加。

副作用として理性の喪失と書かれている。

――理性の喪失？　一過性のものとは書かれていないけど。理性を喪失する期間は具体的にどのくらいなのかしら。

「アル。この理性の喪失というのは何だと思う？」

「……俺にもよく分かりませんが、薬物を服用した際に正常な判断ができなくなる……みたいな感じではないかと」

「……そう、なのかしらね」

私はさらに文書を読み進める。

私が目を通した限りでは、帝国貴族の中で反皇女派貴族とされる者以外にも、思いもよらぬ中立貴族の名前まで狂瘴剤の開発協力者の欄に挙がっていた。

数々の人体実験を経て、狂瘴剤は改良を重ねられてきた。

その過程で多くの人が亡くなり、生存した被験者も自我を壊されてしまったという。

「なるほど。リゲル侯爵領でも実験を行っていたのね。実戦投入もしているとあるけれど、これは一体……」

「恐らく、特設新鋭軍の初陣で、猛威を振るっていた大男のことかと。俺とリツィアレイテ将軍の二人がかりでなんとか倒しましたが、人間離れした怪力の持ち主でした。加えて目の焦点もあまり定まっておらず、会話による意思疎通も困難だった記憶があります」

「つまりこの狂瘴剤というのは、犯罪組織が一般に流通させている違法薬物のように、快楽と中毒性を与えるものとは違い、強力な戦闘員を作り出すためのものなのね」

「文脈上から推察するとそうなりますね」

――裏組織出身のファディが知らないのも頷《うなず》けるわ。

違法薬物は違法薬物でも、市井に需要があるようなものじゃない。

中毒性の有無について記載されていないところを見ると、何度も服用するような薬ではなさそうだ。

恐らくこの薬物の流通経路はまだ生まれていない。

密会を行っていた者たちで、秘密裏に開発を進めている危険な新薬なのだろう。

この狂瘴剤には確かに軍事力増強に努められるという利点があるが、副作用によって会話による意思疎通が図れないほど理性を失うとなると、実用はかなり厳しいものだろう。

そもそもこういう軍事薬品の開発は、皇族の許可なくしてはならない。

明らかに違法な製薬である。

文書を全て読み終えてから、私は額を手で押さえた。

「……どうやら本格的に対抗派閥を潰さないといけないみたいね」

隠れてコソコソと怪しい薬の開発を進めている反皇女派貴族たち。

国の不利益にならないのなら、もう少し泳がせておこうかとも考えていたが、流石《さすが》に限界を感じる。

「アル……私は陛下に迅速な皇位継承を求めるわ。そして王国への宣戦布告、並びに国内に蔓延《はびこ》る敵対勢力の洗い出しと一掃を行う」

「はい」

「反皇女派貴族の集会は王国軍に襲われたのよね。被害状況を知りたいわ」

「ファディからの報告によると、反皇女派貴族の中枢を担う人物は軒並み死亡したとのこと。ただ派閥トップのフェルシュドルフ公は出席していなかったようで、襲撃を免れたとのことです」

「なるほど……私が手を下すまでもなく、勝手に潰れてくれたという感じなのね」

フェルシュドルフ公爵も派閥内の主要貴族たちが倒れたとなれば、私に対して強くは出られなくなる。

実質的に王国軍と反皇女派貴族という、私にとって敵対する者たちが勝手に潰しあってくれた構図になっていた。

「報告は以上です。文書はこちらで預かっておきましょうか？」

「ええ。お願い」

「承知しました。こちらの文書は追加調査を依頼しておきます。何か分かり次第、ルーネ様にもご報告致します」

彼は狂瘴剤に関する文書の束を抱えて、そのまま去ってゆく。

彼を見送ってから、視察団の面々が揃《そろ》う場所までゆっくりと歩き出す。

「……休む暇はないということね」

元々休むことは考えていなかったが、次々と積み上げられるタスクの山に、目を背けたくなってしまった。

とにかく今は視察団の者たちへの挨拶回りを済ませ、今後の動きについての話し合いを行うことにしよう。

まだ皇帝にもなれていないのにこの忙しさ。

皇位を継いだ際は、一体どれだけ多忙な日々が待ち受けているのだろうか。

タスク整理に思考を支配されつつ、私は外向けの笑みを浮かべ、挨拶回りを再開した。

3

視察イベントに訪れた視察団の方々の見送りには特設新鋭軍の多く兵士が参列した。

視察団の面々は、特設新鋭軍の活躍を見ていたこともあり、大きく手を振り勇ましく戦ったことを称賛しながら馬車や船で帝国を離れていく。

「我らのことを守ってくださり、ありがとうございました！」

「皆さんがいてくれて心強かったですよ！」

「また会える日を楽しみにしております」

視察イベントは途中で中止となったが、彼らは満足そうな面持ちでそれぞれの祖国へと向かっていった。

順番に送り出される視察団の者たち。

そして最後に残ったのは、ヴァルトルーネ皇女と談笑を続けていたロシェルド共和国の女性議員だった。

「ルーちゃん。見送りまでしてくれてありがとう」

「いいのよ。私と貴女《あなた》の仲ですもの」

「そうだね。落ち着いたら、また連絡をちょうだい。なるべく会いに行くようにするから」

「ええ。また連絡する……それじゃあ」

「うん。また……」

互いに抱擁をし、それから女性議員は馬車に乗り込み、見送り場所から離れていく。

ヴァルトルーネ皇女は馬車が見えなくなるまで、手を振り続けた。

「……ご友人ですか？」

馬車が完全に去ったところで尋ねると、彼女は頷き懐かしそうに手を後ろで組む。

「ええ。彼女の名はラクエル＝ノヴァ。士官学校時代の同級生なの。今はロシェルド共和国で評議会議員をしているそうよ」

「ラクエル＝ノヴァ……」

聞き覚えのある名前だ。

士官学校時代にヴァルトルーネ皇女と同級生だった人。それだけのことなら、名前が記憶に残っているはずがないのだが、必死に過去に関わった者のことを頭の中で掘り返していると、すぐ後ろで「あっ！」と驚いたような声が上がる。

声の主はペトラだ。

「おい、急にどうしたんだよ？」

横に立っていたスティアーノがペトラの肩を揺らすと、彼女は興奮したように語り出す。

「アンタまさか忘れたの!?　ラクエル＝ノヴァと言えば、私たちが初めて攻城戦をした時の対戦チームにいたリーダーの子じゃないの！」

「攻城戦？」

「はぁまさか本当に忘れたの？　アンタとミアとアンブロスが赤点を取って、補習を受けるのが嫌だからって参加したアレよ」

思い出した。

ラクエル＝ノヴァは攻城戦で戦ったことのある相手で、共和国出身の生徒たちを束ねていた人物だ。確かあの時は彼女も中等部の生徒。にもかかわらず、高等部の生徒を抑えて攻城戦の司令塔として、俺たちのチームに立ちはだかった。

「ああ、あの時の……」

ペトラとスティアーノの会話を聞いて、俺は彼女のことを思い出した。

人数も揃っていなかったのに加えて、相手はかなり攻城戦に慣れた様子で、苦戦したのを覚えている。ペトラが様々な策を用いて、敵を翻弄したお陰で、なんとか勝てたが、ラクエルの上に立つ者としての素質は非常に高かった。

「あの手に汗握る戦いを繰り広げて、まさか忘れるわけないわよね？」

再度ペトラが確認するように聞くが、スティアーノの方はよく分かっていないようで、

「う、うーん……そんな人いたっけか」

なんて言うものだから、ペトラに呆《あき》れられていた。

「やっぱりあの時、無理やりにでも補習講義を受けさせとけばよかったわ……あーあ。凄《すご》く頑張ったのに損した損した」

「え、いや！　攻城戦したことは覚えてるよ！　無駄なんかじゃなかったしさ！」

必死に弁明するスティアーノを揶揄《からか》うように、ペトラは顔を合わせようとしない。

「あはは！　ペトラちゃん怒らせてやんの！」

「うるせぇ馬鹿ミア。お前だって覚えてなかったろ！」

「私は覚えてたよ。ね、ブロ助！」

「うむ！」

口からデマカセを語っていそうなミアに、アンブロスはよく分かっていないまま頷いているみたいだ。横では完全に話を聞いていないフレーゲルが大きな欠伸《あくび》をしているのだった。

「……貴方《あなた》の友人は皆仲がいいわね」

「……ですね。士官学校の頃はずっと一緒にいましたから」

過去の懐かしい思い出を振り返りながら、俺は戯れ合う友人たちを眺める。

ヴァルトルーネ皇女は彼らに感嘆の籠った眼差《まなざ》しを向けていた。

「私とラクエルも、あんな風に仲のいい友人だったのよ。士官学校での親友と言っても過言じゃないくらいにね」

「……それが今では互いに国を背負う立場になったと」

「ええ。昔みたいに接したいとは思っていたけれど、やっぱり少しだけ変わってしまった感じがしたわ」

そうなのだろうか。

俺から見れば、彼女とラクエルの仲に不和が生じた場面はないように思えた。

「仲違《なかたが》いしたのですか？」

「いいえ。そうじゃないのだけど……少しだけ、距離が生まれたような気がしただけ」

距離が生まれるのは仕方のないこと。

国の代表として顔を合わせることになったのなら、下手に自分の考えを開示できるわけがない。

ヴァルトルーネ皇女は「気のせいかもしれないけどね」と気丈に振る舞うが、その瞳にはほんの少しだけ寂しさを感じさせるものが宿っているようだった。

4

王国軍と教団軍によるディルスト地方の侵攻から二日が経過した。

帝国は不当な侵攻により多くの犠牲者が出たことと権利の侵害を理由に王国に猛抗議を行い、世界各国も王国の身勝手な行いを非難することとなった。

視察団が訪れていた時に侵攻を開始したのが、王国が大批判された最も大きな原因だろう。

帝国は王国との対立姿勢を鮮明にすると、近隣諸国との友好関係構築を行うべく動き出した。

僅か一日にして、王国の立場は世界の中でも浮いたものとなったのである。

そしてヴァルトルーネ皇女の立場も、これまでとは違ったものへと変化を見せた。

「……ヴァルトルーネよ。今回王国軍の侵攻から国を守ったこと。実に見事だった」

「ありがとうございます。お父様」

ヴァルトルーネ皇女は少ない兵力ながらも、数多《あまた》の兵を持つ王国軍を退けたことを高く評価され、皇帝グロードより勅令が下された。

「ヴァルトルーネよ。お前に我が皇位を譲ることを決意した……お前ならきっと立派な皇帝として、帝国を導けるはずだ」

「お父様それは……」

「我は現役を退こうと思う……お前に帝国の未来を託す」

「──っ！」

皇位継承を皇帝が承認した瞬間だった。


「陛下！　どうかお考え直しください！」

「いや。この決定は覆らぬ」

「皇女殿下はまだお若く未熟です。皇位継承を行うには時期尚早かと……」

「ん。お前は私の娘が未熟者で皇帝になるには不適格だと申すのか？」

「い、いえ決してそのような意図はなく……あくまで時期尚早と感じただけでして」

「……とにかく、皇位継承はヴァルトルーネに行う。もうこの話に口出しをするな」

「は、はい……申し訳ございません」

グロードの意志は固く、反皇女派貴族の者たちが、ヴァルトルーネ皇女の即位に反対意見を述べるのを全面的に拒絶し、彼は王国歴一二四一年八月二八日に戴冠式を執り行うことを帝国全土に周知した。

公に情報を公開されてしまえば、反皇女派貴族たちも手出しができなくなる。

彼女の悲願の一つである皇位継承が叶《かな》ったのだった。

「ルーネ様。おめでとうございます」

「ええ。ありがとう……それで私に話があるとのことだけど」

「祝いの言葉をお伝えしたかったのと、こちらを」

戴冠式に向けて、政務の引き継ぎを行うヴァルトルーネ皇女に対して、俺は少しだけ時間を割いてもらった。理由は皇位継承が決まったことを祝うためと、彼女にどうしても伝えたいことがあったからだ。

用意していたとある重要書類を彼女に手渡す。

「これって……ラクエルからの手紙？」

簡素ながら綺麗《きれい》な封筒。

宛名には『ラクエル＝ノヴァ』と記されている。

彼女は丁寧に封筒を開封し、中に入っていた手紙を読む。

『ヴァルトルーネ皇女殿下。

先日は視察に招いていただき、誠にありがとうございます。特設新鋭軍の素晴らしさを目の当たりにできて、とても光栄でした。機会があればまた、あの毅《き》然《ぜん》と敵に立ち向かう彼らの勇姿を見たいものです。

さて堅苦しい挨拶はこのくらいにして。

ルーちゃん。皇位継承決定おめでとう。

ヴァルカン帝国の次期皇帝がルーちゃんになるとの報《しら》せを聞いて、居ても立っても居られなくなり、手紙を出すことにしました。王国軍が帝国領内に攻め込んできた一件からまだ日もあまり経《た》っていない中、皇位継承の話を聞いた時は本当に驚きました。

でも私の知っている強くて優しいルーちゃんなら、帝国をより良い方向へと導ける素晴らしい指導者となれるはずです。きっと大丈夫。

私も評議会議員としてルーちゃんに負けないように日々職務に取り組んでいます。ルーちゃんみたいに民のことを第一に考えられる立派な議員になるので、応援していてくださ い！

戴冠式の日には、ルーちゃんの晴れ舞台を必ず見に行きます。

もちろん、ロシェルド共和国の議員を代表してではなく、ルーちゃんの一番の親友としてです。視察の時にはまだ話し足りなかったので、今度こそゆっくりと今まであったことを語り合いましょう。

それでは戴冠式当日を楽しみにしています。またねルーちゃん。

ラクエル＝ノヴァより』

手紙を読み終えたヴァルトルーネ皇女は、少し潤んだような瞳でこちらに視線を向けた。

「これ、どうして貴方が……？」

「ラクエル様からどうしても渡して欲しいと預かっていました。お渡しできてよかった」

彼女は手紙を封筒に戻すと、それを胸元に大事そうに抱き寄せる。

「ラクエル……距離なんか生まれてなかったわ。あの頃と何も変わってない」

立場は人を変える。

それでも何もかもが無くなって、一から始まるわけじゃない。

これまで積み上げてきた人との関係は、過去と同じように続いていく。

変化はその人たち次第、変わることを望むなら変わるし、維持したいと願うのなら、きっと変わらず過去と同じような関係を続けられる。

ヴァルトルーネ皇女とラクエルも、別々の国で頑張り続けているが、二人が友人であることは決して変わることのない事実。

「よかったですね。彼女もルーネ様のことを大事な親友だと思っていたのですよ」

「ええ……そうね。私もラクエルのことは変わらず好きだし。皇帝になったとしても、態度を変えるつもりはない」

ヴァルトルーネ皇女は靄《もや》が取れたような晴れやかな顔になった。

ラクエルとの今後の付き合い方に関する悩みはなくなったようだ。

心の憂いが消えて良かった。これで本題についても安心して切り出せる。

「ルーネ様」

「ん？」

「実は手紙にはまだ続きがあるんです」

「続き？……あら本当ね」

追伸と書かれたもう一枚の手紙。

そこにはラクエルが友人としてではなく、共和国の代表として記載した重要情報があった。

『追伸。

視察イベントに訪れた際、王国軍が帝国への侵攻を行ったことを議会で発表したところ、共和国は王国との付き合い方を改めて考え直すべきとの意見が出ました。そして同時に共和国は帝国との友好協定を結びたいとの意見が多く出ました。もしもルーちゃんにその気があるのなら、帝国と共和国の友好協定締結についても話し合えると嬉《うれ》しいです』

共和国との友好関係の構築。

帝国にとってはこれ以上ないほどの吉報だろう。

逆行前の世界で、共和国は王国側に付き、帝国と対立する国家となった。王国と帝国の戦争でも、王国側に軍需品の支援などを行っており、本来なら友好協定を結ぶような相手ではなかったのだ。

「やりましたねルーネ様。これは帝国にとって追い風になるはずです」

「ええ……でもどうして？　共和国が王国よりも帝国との関係を重視するなんて」

「それこそ、ラクエル様に聞いてみてはどうでしょうか」

推測でしかないが、この友好協定の話題が出たのは、ラクエルの尽力があったからだと思う。

ヴァルトルーネ皇女と親しいラクエルが、王国軍の侵攻を不当なものだと主張して、必死に議会を説得したのだろう。

士官学校時代にヴァルトルーネ皇女が彼女と築き上げた絆《きずな》が、ここで真価を発揮した。

「どちらにせよ。友好協定については話し合いを重ねる必要があるわね」

彼女はすぐに真剣な面持ちとなり、ラクエルからの手紙を大事そうに懐へ入れた。

悠然とした立ち姿の彼女は、俺の目をじっと見つめる。

「アル。ラクエルに手紙を出すわ。友好協定について、話し合いの日程を決めるためにね」

「承知しました！」

「日程は戴冠式を終えた後。それまでに友好協定に関する内容を煮詰めておきたいわ」

戴冠式の日が来るまでに、彼女はいつも通り忙《せわ》しなく仕事をこなすのだろう。

皇位継承を目前に、自信に満ち溢《あふ》れた表情のヴァルトルーネ皇女は誰よりも魅力的だった。

今の彼女なら、皇帝となっても民に愛される素晴らしい指導者となれるはずだ。

いつの日か、彼女が過去最も優れた皇帝と語り継がれるよう、俺はありとあらゆる手助けをできればいいなと思った。

エピローグ

1

視察イベント時のハプニングを無事に乗り越えたヴァルトルーネ皇女。

彼女の創った特設新鋭軍が王国軍の侵攻を阻止したことは、大々的に帝国全土に発表された。

『視察イベントを成功させたら皇位継承を行う』

残念ながら、ヴァルトルーネ皇女が皇帝グロードと交わしていたこの約束が果たされることはなかった。

しかし誰もが予想していなかった侵略者の撃退という多大な功績を立てたヴァルトルーネ皇女は、次期皇帝に相応《ふさわ》しいという声が市井で挙がる。

帝国民からの支持が高いこともあり、近日中にヴァルトルーネ皇女への皇位継承が行われることが、正式に発表された。

「ルーネ様」

「ええ。後で確認するわ」

戴冠式を控えたヴァルトルーネ皇女。

しかし戴冠式の前日である今日もまた、彼女は変わらず政務に勤《いそ》しんでいた。

特設新鋭軍の面々は皇位継承の前夜祭を催そうと盛り上がっているようだが、当の本人は皇位継承に浮かれ立った様子がない。

「……ふぅ」

動かしていたペンを止め、背筋を伸ばすヴァルトルーネ皇女に俺は紅茶を差し出した。

「お疲れ様です」

「ええ。もう少しで皇帝就任後の政策案が完成するわ」

落ち着いた声音で紅茶を受け取ると、彼女は政策の書かれた議題書の上に指を置く。

「生活困窮者への支援制度の確立と減税政策ですか」

「ええ。まずは人々の信頼を勝ち取るのが第一優先。生活困窮者への救済措置は、皇位を継いだらやろうと思っていたし、税率の引き下げも帝国軍や貴族たちに流れている無駄な資金を削れば問題なく行えるわ。これで私が率いる新たな政権も支持においては安泰でしょう？」

彼女は既に先のことを見据えて動き始めていた。

お祝いムードを出すのもいいが、俺は彼女の普段と変わらぬ様子を見て安堵《あんど》する。

「やはりルーネ様は民を想《おも》う素晴らしいお方だ」

「そうかしら？　私はそうは思わないけれど」

椅子から立ち上がり、彼女は窓越しに帝都の景色に目を向けた。

日が照らす帝都の壮観たる街並みは、道中で多くの人が行き交って、おおいに賑《にぎ》わっている。

彼女はそんな平和な光景に感嘆の息を吐《つ》いた。

「私はこの帝国を誰もが住みやすいと思えるような、そんな国にしたいだけ。だから今考えている政策も、全部私の理想を書き込んだものに過ぎないわ」

それが彼女の理想であるのなら、俺はそれをわがままとは思わない。

誰かのために国政を行うことが、統治者に相応しいことだと俺は思う。

「ルーネ様が皇帝となれば、喜ぶ者は多いでしょう」

彼女の並べた政策を一通り見通してから、俺は自席に着く。

まだやるべきことは山積みだ。

俺は一足先に仕事を再開する。

「……でも、私には敵も多いわ」

ヴァルトルーネ皇女もペンを握り、深いため息を吐いた。

憂慮することが多いのも事実だが、それ以上に彼女が立てる功績は多いはず。

不安に押しつぶされそうな彼女の弱気な声に、俺は首を横に振った。

「ルーネ様には多くの味方が付いています。恐れることは何もありません」

「でも……きっとこの先もっと大変になるわよ？」

「望むところです。俺にできることがあるのなら、ルーネ様のために何でもしますよ」

「貴方《あなた》に頼る機会は今よりもっと多くなると思うわ。それでもいいの？」

「構いません。何か悩みがあるのなら、一番に相談してください」

「もしかしたら貴方を失望させるようなことをしてしまうかもしれない」

「安心してください。ルーネ様に失望する時が訪れることはありません」

どこまで行っても俺は彼女の専属騎士。

彼女の行動がどんなものであろうと、俺はそれを肯定し続けて、彼女の願いが叶《かな》えられるようにどう動くべきかを模索する。

俺が彼女に失望する瞬間など金輪際訪れることはないのだ。

「ふふ。貴方ってば、私に盲信的なのね」

「知りませんでしたか？　俺はルーネ様に心酔してるんですよ……それこそ、どこぞの神様なんかよりもルーネ様の選択が絶対に正しいと考えるくらいにはね」

俺は彼女に一生付き従うと決めた。

その誓いは今も変わらないし、これから先も揺らぐことのないものだ。

俺の言葉を聞いて、彼女は腹を抱えて大笑いする。

そして一通り笑い終えた後、そっと華奢《きゃしゃ》な拳を差し出す。

「貴方のことは手放さないから。これからもよろしくね。私の専属騎士さん」

「ええ。地獄の底までお供しますよ」

彼女の小さな拳に俺は自分の拳を突き合わせた。

その後、俺たちは戴冠式の前夜祭が開かれる時間ギリギリまで、黙々と仕事に励んだ。書類仕事を行っている間、彼女とは事務的な会話しかしなかった。

けれどもそれが逆に、俺への信頼を感じ、一層仕事に打ち込むことができた。

今はまだ彼女に相応しい専属騎士像とは程遠いかもしれないが、いつか聡明《そうめい》で慈愛に溢れるヴァルトルーネ皇女と並んでも恥ずかしくないような騎士になってみせよう。

彼女の横顔をチラリと流し見てから、俺はペンを動かす手を止めた。

窓から差し込んでいた外光は色を変え、次第に室内全体を赤く照らし始めていた。

「……ルーネ様。そろそろ前夜祭の時間です」

「ええ。なら今日はこのくらいで切り上げましょうか。残りは明日……いいえ。明日は戴冠式だったわね！」

素で間違えたことに頬を赤らめながら、ヴァルトルーネ皇女は仕事の手を止めた。

彼女が残した書類の山を俺は両手で抱え持つ。

「残りは俺が持ち帰ります。どうせすぐ終わる量なので」

「嘘吐《うそつ》き……大人しく半分渡しなさい。私も持ち帰ってやるわ」

「しかしルーネ様は明日も朝が早く……」

「それは貴方もでしょ」

帰り支度を済ませたヴァルトルーネ皇女は、俺の持つ書類の山を半分奪い、執務室の扉を静かに開く。

「前夜祭に遅れるわけにはいかないわ。行きましょう」

彼女は扉の前で振り向き、ドレスの裾を揺らす。

「そうですね。行きましょう」

俺は彼女の背を追うように、執務室を出た。


王国歴一二四一年八月二七日。


特設新鋭軍を始めとしたヴァルトルーネ皇女と親交の深い者たちが中心となって、帝都一大きなダンスホールを貸し切っての盛大な前夜祭が開催された。

「「殿下！　皇位継承決定、おめでとうございます！」」

派手な音を鳴らしながらキラキラしたビニールテープが吹き出す筒状の魔道具を使った者たちがヴァルトルーネ皇女に祝いの言葉を述べる。

乾いた爆発音のようなものにヴァルトルーネ皇女は驚いたような顔をしていたが、すぐに状況を察したようで、にこやかに会場中の者たちに向けてグラスを掲げた。

「本日は私のためにこのような前夜祭を開催してくださり、本当にありがとう。今日はきっと私にとって忘れられない一日になるでしょう。今後の帝国の繁栄を祝って……乾杯！」

「「乾杯!!」」

賑やかな会場には貴族や市民が身分問わずに参列する。

綺麗《きれい》なドレスに包まれたヴァルトルーネ皇女を眺めながら、俺は会場の端の方で静かにワインを嗜《たしな》んだ。

賑わう会場中心部から一人の女性が俺の方へと歩いてきた。

「リツィアレイテ将軍……」

「お疲れ様です。ヴァルトルーネ様、とても綺麗ですね」

「そうですね」

リツィアレイテは俺の横に来て、会場の壁に背を預けた。

「こういう催しでは毎回外側にいるのですね」

悪戯《いたずら》っぽい彼女の微笑《ほほえ》みを見て、俺は顔を背ける。

「盛り上がった場に馴染《なじ》むことは苦手なので」

「ふふ。私もです」

ヴァルトルーネ皇女を囲む多くの者たち。

彼女も自分のことを祝われるのが嬉《うれ》しいのか、いつもよりもキラキラした笑みを浮かべる場面が多かった。

「交ざらなくていいんですか?」

不意に尋ねられ、俺は首を横に振った。

「ルーネ様にはこの前夜祭を誰よりも楽しんでもらいたいんです。それに彼女との交流を望む者も多くいます。こういう祝い事の席くらいは、外側から静かに見守っておきたいんですよ」

「なるほど。そうでしたか……」

リツィアレイテはグラスに入った飲み物を一気に飲み干す。

「お酒、弱いんでしょう。大丈夫なんですか？」

「心配ご無用。これはお酒じゃありませんから！」

彼女はそれだけ告げ、ヴァルトルーネ皇女の方へと小走りで駆け出す。

明らかに声の抑揚がおかしかったし、顔もやや赤くなっていたのだが、指摘するのも野暮な話だ。

俺は彼女から視線を外し、他の場所にも目を向けた。

「もう三人とも、どんだけお腹空《なかす》いてたのよ……」

「うっぷ。いやこんなに美味《うま》そうなものが並ぶと分かってて、腹を空かせないわけがないだろ！」

「そうそう！　あっブロ助、そっちの肉料理取ってくんない？」

「んむ!?　ああすまん。この皿は全部食べてしまったぞ」

「おい～なにしてんの～！」

立食の行えるブースでは、いつものメンツが揃《そろ》い楽しそうに食事をしていた。

「はぁぁ……この馬鹿たちはどうしようもないわね。フレーゲル、アンタも何か食べる？」

「そうだな。俺はあっちのサラダでも食べようかと思ってるよ」

「そう。私も食べようと思っていたから、ついでに取ってきてあげるわ」

「いや一緒に行くよ。ペトラも好きなもの取りたいだろ？」

普段と違い、全員がタキシードとダンスドレスに着替えており、舞踏会の時のような新鮮さを感じる。

――あっちに交ざるか。いや、もう少しこのままでもいいか。

前夜祭はまだまだ始まったばかり、和やかで平和な光景をもう少しだけ眺めておこう。

もしかしたら、この先ここまで心落ち着く時間が取れるとは限らないからな。

2

ディルスト地方侵攻に失敗した教団は、次なる占領目標を定めていた。

その場所とはまたしても帝国領内。

ヴァルカン帝国南東にある海外貿易が盛んに行われるティーレンス地方の港町ノクト。

ここには教団の狙う狂瘴剤《きょうしょうざい》の主成分となる瘴気《しょうき》の発生源があった。

大司教は自身の野望を叶えるためであれば、一度や二度の失敗で挫《くじ》けることはない。

我慢強い……というよりも執念深いという表現が正しいだろう。

彼はディルスト地方の敗戦に懲りることなく、次の目的地奪取に向けて準備を進めていた。

「我々の次の目標はノクトの占領だ。ディルスト地方は例の一件から警備が厚くなり、こちらから手出しがし辛《づら》い状況になってしまった。しかしヤツらはノクトの防衛をまだ重視していない。この場所を確保できれば、我々教団にとって勢力拡大の大きな先駆けになるはずだ！」

「「はい！」」

愚かな信者たちは大司教の言葉を鵜呑《うの》みにして、次の目標と言われたノクトへの潜入を計画し始めた。

私は冷めた目で、教会で行われる下らない話し合いを聞く。

そんな中、大司教の視線が急に私へと向く。

「レシア。もちろんお前もノクト攻略に同行してもらうぞ。今回は王国軍の援助が受けられないからな。スヴェル教団に強固な団結力が必要なのだ！」

当然のように私を今回も指揮官に抜擢《ばってき》しようと考えているようだが、考えが甘い。

私は首を横に振り、大司教の言葉を否定する。

「申し訳ありませんが大司教様、その命には従いかねます」

「……何？」

大司教の顔色が曇る。

彼は私が頷《うなず》かないことが信じられなかったのだろう。

いつだって、私は大司教の命令を従順に聞いてきた。

スヴェル教団のためであると諭され、それを信じて疑わなかった。

――でも、それは前世の記憶を持つ前の私だ。

「レシア。貴様は私の命令に背く気か！」

彼の怒鳴り声は、教会中に響いた。

信者たちは、大司教の怒り様に怯《おび》えて黙り込み、私は大司教に詰め寄られる。

「もう一度言うぞ。我々の次なる目標は帝国の南東部にある港町ノクトだ」

「……大司教、ですから私は行けません」

「何故《なぜ》だ！　断るというのなら、私が納得できるような理由を話せ！」

私がわがままを言っているだけと勘違いしたのか、大司教はさも自分が有利な立場に立っているかのように振る舞う。

私が理由など話せず、最終的に私を首謀者としてノクトに送り出そうと考えている下衆《げす》な顔だ。

しかし私には彼の命令を断ることが可能だった。

大司教が次の言葉を発する前に、私は用意していたとある診断書を彼に見せた。

「……これは何だ？」

「お医者様より受けた診断の結果です。実は先日行われたディルスト地方侵攻で、血液恐怖症になってしまいました。少しでも凄惨な現場を目にしてしまうと、呼吸困難になってしまうのです。ですので、私に前線での指揮は無理だろうということをお医者様より告げられました」

「それがどうした！　お前は後ろで大人しくしていればいいのだぞ!?」

「ですが、ユーリス王子にお話ししたところ……静かな土地での療養を勧められて、既に手配もしていただきました」

「なんだと……いや、すぐに断れ！」

「大司教。レシュフェルト王国の第二王子のご厚意を無下にすることはできません。もしこの話を断ることになれば、教団の信用にも関わるかと」

スヴェル教団を統べる大司教でも、王族に対してあまり強くは出られない。

王国は教団が資金提供を受けている最大の支援者であり、関係を悪化させるような行動は起こしたくないはず。

私が断れない旨を伝えると、大司教は顔を顰《しか》めて黙り込む。

――ふふ。無様な顔ね。有志の兵士集めに私の持つ求心力に頼ろうと考えていたみたいだけど、残念ながら今回の計画には手を貸さないわ。

「そういうわけなので、申し訳ありませんが、私はノクト攻略には参加できません……」

「療養ということは、ここから離れるのか？」

「はい。静かな田舎に向かうつもりです」

「……くっ。そうか」

大司教は何か言いたげな顔だったが、これ以上の言及を断念した。

何を言っても無駄だと判断したのだろう。

実際、これ以上攻略をせがんだところで、私が参加しないことは覆らない。

「それでは、私はそろそろユーリス王子と療養の件で話し合いがありますので、この辺りで失礼しますね」

「ま、待てレシア！　第一王子を懐柔する件は……」

「残念ですが、第一王子は人一倍用心深く、私に心を開いてはくれませんでした」

「……そんな」

「ですので大司教様。もしも第一王子を懐柔したいのであれば、大司教様直々に交渉を行ってもらうしかありません。お役に立てず本当に申し訳ないです」

第一王子の懐柔を行えなかったことを簡潔に話して、私は大司教と周囲に集った信者たちに背を向け、教会の外へと出た。

大司教はユーリス王子のことを扱いやすい馬鹿な王子だと言っていたが、彼には第二王子という肩書きがある。利用するのなら、これ以上ないくらいに優良な人材だ。

逆に第一王子は悪知恵が働き、ユーリス王子よりも有能かもしれないが、好き勝手に操る人間としては非常に扱いづらい。

「残念でしたね大司教……ユーリス王子は私がいただきました」

教団は今後、懐柔の難しい第一王子との関係構築に精を出すこととなるだろう。

王子の後ろ盾があるかどうかは、教団の活動範囲を大きく左右する。

ユーリス王子は私に心酔しているため、私が教団を離れれば、彼も教団に協力することはなくなるはずだ。

「さて。この際ですし、存分に利用させてもらいましょう」

私に利用されることはユーリス王子の望みでもある。

教団との関わりを切って、私は監視の目がない静かな地へと向かう。

もちろん、選定者たちや教団の動きを黙認するわけではないが。

「……ノクトですか。療養地とはかなり離れていますが、仕方がありませんね」

教団の動きは先程の大司教がしていた話で大体は理解した。

帝国側も領地へ再び教団軍が攻め入ってきたとなれば、これまで以上に厳正な対処を行うことだろう。

激化する争い。

歴史は歪《ゆが》み、あるべき形からかけ離れていく。

——正規の歴史が塗り替えられてゆく中で、今の私がすべきことは、大司教が教団を動かしてまで狙っている瘴気の発生源を完全に消し去ってしまうこと。

汚染された土地を綺麗に浄化し、この世界の正しい在り方を取り戻す。

これは私にしかできないことだ。

「……帝国に向かえば、ついでに選定者たちの様子も確認できるし、一石二鳥ね」

彼らと邂逅《かいこう》した時を思い出す。

もう一週間ほどが経過したのに、つい先程のことみたいに鮮明に情景が浮かんでくる。

人智《じんち》を超えた大いなる力を宿し、運命に抗《あらが》い続ける英雄たちの勇姿が、私の脳裏に焼き付いて離れない。

「……彼らであれば、もしかしたら」

青空に目を向け、私は照り付ける日差しを手で遮る。

「スヴェル様の願いを、叶《かな》えてくれるかもしれませんね……」

誰もいない、私だけの独り言。

この言葉が伝えたい人に届くことはない。

「スヴェル様……ノクトで私は、また彼らに出会います」

語る言葉に込めた想《おも》いは、私が失ったもの全てを凝縮したものだ。

「教団がなくなれば、また私に微笑《ほほえ》みかけてくれますか？」

いつまで待っても返事はない。

私は地面に視線を落とした。

求めた答えが得られないと知りながらも、私は問わずにいられなかった。

私がここで生きている意味。

それはスヴェル様の言葉に従い、命令に忠実な動きをすること。

――大事な感情を捨ててまで、私はスヴェル様の命令を遂行することを決めた。

「私はあの日の選択が正しかったと今でも信じています」

心の一部を失ったことを無駄なことだとは思いたくない。

たとえ人として大事な何かが欠けてしまったとしても、私はスヴェル様の願いを聞き入れてあげたかった。

自分の心を偽ってまで、私はスヴェル様の命令に従った。

スヴェル様のことを信じて疑わない……そう決めたはずだった。

なのに激しく感情を揺るがし、懸命に定められた運命と戦い続ける彼らの姿を見て、私は少しだけ自分が分からなくなった。

――本当の私はどうしたかったのだろうか。

大事な感情を失ってしまった今では、確かめようのないことだ。

けれども考えずにはいられない。

「……好奇心が残っていてよかったわ」

感情を何もかも失ってしまっていたら、命令に疑問を持つことなく、本物の人形みたいに言われたことだけを実行するだけの存在になっていた。

私はまだ人で在りたい。人として認識されていたい。

聖女として有り余る力を手に入れた今でも、私は非力だった頃の自分を完全には見失っていない。

「……全てを終えた時、私はきっともう一度、心を取り戻したいと願います」

たとえ欠陥だらけだったとしても、生きる意義だけは失いたくない。

失ってしまった『愛情』がどんなものなのか。

それを探し求める心だけが、私を突き動かす原動力になってくれている。

「ねぇスヴェル様聞こえていますか？　私は貴女《あなた》から受けた命令に従って——貴女を必ず殺します。運命に抗うために力を付けた選定者たちを率いて、いずれは神に立ち向かう者たちを扇動するでしょう」

『どうしても……どうしても私はスヴェル様を殺さなければならないのですか？』

『それが歪んだ歴史を元に戻せる唯一の方法なのです。瘴気《しょうき》に飲まれた私がいたら、歴史は誤ったまま進んで行きます』


かつての大事な約束。

遠い昔のように思えるスヴェル様との別れ。

今では言葉を交わすことは叶わない。

——この世界のスヴェル様は、既に瘴気に呑み込まれ、神としての正しい判断ができなくなっている。

スヴェル様はそれが分かっていたから、自分を殺しなさいと命じたのだ。

「今のスヴェル様はきっと、私を排除しにくることでしょう。そしてかつての私だったら、スヴェル様のために大人しく死んでいましたね」

もしもスヴェル様に情が残っていたら、私は抵抗することなく死を選んでいた。

抵抗する意味がなかったから。

でも今は違う。これはスヴェル様から受けた私の使命。

私が心を捨ててまで逆行し、瘴気に世界が包まれ、崩壊していく様を阻止する行動理由。

「……ふふ。たとえ敵であったとしても、再会できる日を私は楽しみにしていますよ」

空を見上げて、語りかけてくれるはずもない主神を思い浮かべる。

教団の手を離れ、やっと私は使命の遂行に向けて、自由に動き出すことができる。

ノクトを陥れようと考える教団を妨害し、世界に瘴気が蔓延《まんえん》するのを防ぐ。

前世と同じ歴史を繰り返さないように……本来起こるはずのない世界を巻き込んだ大戦が引き起こされないように。

第三勢力として動く私は、歴史を悪《あ》しき方向に動かす教団と、破滅を望まない選定者たちの間に挟まり、全ての事柄において私の理想を叶えるために彼ら全員を誘導する。

スヴェル様の願いを聞き届けた私にしかできないこと。

だから私は、この世界が辿《たど》る結末を見届けるまで、死ぬことは許されない。

あとがき

この度は隠れ最強騎士第三巻のお買い上げありがとうございます。

無事に三巻まで書き続けてこられたこと、嬉《うれ》しく思います。

私が作家としてのお仕事を始めて、およそ二年が経過しました。

初めてｗｅｂ小説を書き始めたのは高校生の頃です。当時の目標はただ自分で書いた本が出せればそれでいいと考えていて、自分が何かを成し得た証《あかし》？　みたいなものが欲しくて作家活動をしていました。それから何年か小説を書き続けて、実際に商業作家としてデビューできて、自分で書いた本を出すという当時の目標を達成することができました。同時に作家として自分には足りないものばかりだと痛感する場面が多くありました。今でもその足りないものを補い切れてはいません。まだまだ学ぶことは無限にあります。

これから先も作家として活動を続け、隠れ最強騎士も巻を重ねて、多くの人に楽しんでもらえるような、記憶の片隅にでも残るような作品にしていきたいと考えています。今後ともよろしくお願い致します。

それではまた、次巻のあとがきで皆様と出会えることを楽しみにしています。

相模優斗《さがみゆうと》

反逆者として王国で処刑された
隠れ最強騎士 3
蘇った真の実力者は帝国ルートで英雄となる

発　　行 2024年2月25日　初版第一刷発行

著　　者 相模優斗
発 行 者 永田勝治
発 行 所 株式会社オーバーラップ
〒141-0031　東京都品川区西五反田 8-1-5
校正・DTP 株式会社鷗来堂
印刷・製本 大日本印刷株式会社

Printed in Japan ISBN 978-4-8240-0735-3 C0193